OEUVRES
DE
Mr. DE VOLTAIRE

NOUVELLE EDITION

REVUE, CORRIGÉE
ET CONSIDERABLEMENT AUGMENTÉE
PAR L'AUTEUR
ENRICHIE DE FIGURES EN TAILLE-DOUCE.

TOME HUITIEME.

A DRESDE 1748.
CHEZ GEORGE CONRAD WALTHER
LIBRAIRE DU ROI.
AVEC PRIVILEGE.

TABLE
DES PIECES

contenues dans le Tome VIII.

ZADIG.

ZADIG.

HISTOIRE
ORIENTALE.

A

❦ ❬ ✳ ❭ ❦

EPITRE DEDICATOIRE

A LA

SULTANE

SHERAA

PAR

SADI.

*Le 18. du mois de Schewal. L'an 837
de l'Hégire.*

━━━━━━━━━━━━━━━━━━━━━━━━

*C*harme des prunelles, tourment des cœurs, lumiére de l'esprit, je ne baise point la pouf-
siére de vos pieds, parceque vous ne marchez
guéres, ou que vous marchez sur des tapis d'Iran
ou sur des roses. Je vous offre la traduction d'un
livre d'un ancien Sage, qui ayant le bonheur de
n'avoir rien à faire, eut celui de s'amuser à
écrire l'histoire de Zadig ; Ouvrage, qui dit plus
qu'il ne semble dire. Je vous prie de le lire &
d'en juger ; car quoique vous soyez dans le prin-

tems de votre vie, quoique tous les plaisirs vous cherchent, quoique vous soyez belle, & que vos talens ajoutent à votre beauté ; quoiqu' on vous louë du soir au matin, & que par toutes ces raisons vous soyez en droit de n'avoir pas le sens commun ; cependant vous avez l'esprit très-sage, & le goût très-fin, & je vous ai entendu raisonner mieux que de vieux Derviches à longue barbe & à bonnet pointu ; vous êtes discrette, & vous n'êtes point défiante ; vous êtes douce sans être faible ; vous êtes bienfaisante avec discernement ; vous aimez vos amis, & vous ne vous faites point d'ennemis. Votre esprit n'emprunte jamais ses agrémens des traits de la médisance ; vous ne dites de mal, ni n'en faites, malgré la prodigieuse facilité que vous y auriez. Enfin votre ame m'a toujours paru pure comme votre beauté. Vous avez même un petit fonds de Philosophie, qui m'a fait croire que vous prendriez plus de goût qu'une autre à cet Ouvrage d'un Sage.

Il fut

EPITRE DEDICATOIRE.

Il fut écrit d'abord en ancien Caldéen, que ni vous ni moi n'entendons. On le traduisit en Arabe, pour amuser le célèbre Sultan Oulougbeg. C'étoit du tems où les Arabes & les Persans commençoient à écrire des mille & une nuit, des mille & un jour, &c. Ouloug aimoit mieux la lecture de Zadig ; mais les Sultanes aimoient mieux les mille & un. Comment pouvez-vous préférer, leur disoit le sage Ouloug, des contes qui sont sans raison, & qui ne signifient rien ? C'est précisément pour cela que nous les aimons, répondoient les Sultanes.

Je me flatte que vous ne leur ressemblerez pas, & que vous serez un vrai Ouloug. J'espére même, quand vous serez lasse des conversations générales, qui ressemblent assez aux mille & un, à cela près qu'elles sont moins amusantes, je pourrai trouver une minute pour avoir l'honneur de vous parler raison. Si vous aviez été Talestris du tems de Scander fils de Philippe, si vous aviez

A 3   été

été la Reine de Sabée, du tems de Soleiman, c'eu*s*-
*s*ent été ces Rois qui auroient fait le voyage.

Je prie les Vertus cele*s*tes, que vos plai*s*irs
*s*oient *s*ans mêlange, votre beauté durable, & votre bonheur *s*ans fin.

ZADIG.

APPRO-

APPROBATION.

Je souffigné, qui me fuis fait paffer pour favant, & même pour homme d'efprit, ai lû ce Manufcrit, que j'ai trouvé, malgré moi, curieux, amufant, moral, philofophique, digne de plaire à ceux-mêmes qui haïffent les Romans. Ainfi je l'ai décrié, & j'ai affûré Monfieur le Cadi-Lefquier, que c'eft un Ouvrage déteftable.

TABLE

TABLE
DES MATIERES.

ZA-

ZADIG.

HISTOIRE ORIENTALE.

CHAPITRE I.

Le Borgne.

Du tems du Roi Moabdar il y avoit à Babylone un jeune homme nommé Zadig, né avec un beau naturel fortifié par l'éducation. Quoique riche & jeune, il favoit modérer fes paffions, il n'affeétoit rien, il ne vouloit point toujours avoir raifon, & favoit refpeéter la faibleffe des hommes. On étoit étonné de voir, qu'avec beaucoup d'efprit, il n'infultât jamais par des railleries, à ces propos fi vagues, fi rompus, fi tumultueux, à ces médifances téméraires, à ces décifions ignorantes, à ces turlupinades groffieres, à ce vain bruit de paroles, qu'on appelloit converfation dans Babylone. Il avoit appris dans le premier livre de Zoroaftre, que l'amour propre eft un ballon gonflé de vent, dont il fort des tempêtes, quand on lui a fait une piquure. Zadig fur-tout ne fe vantoit pas de méprifer les femmes & de les fubjuguer. Il étoit généreux : il ne craignoit point d'obliger des ingrats, fuivant ce grand

A 5 précepte

précepte de Zoroaftre : *Quand tu manges donne à manger aux chiens, duffent-ils te mordre.* Il étoit auffi fage qu'on peut l'être : car il cherchoit à vivre avec des fages. Inftruit dans les fciences des anciens Caldéens, il n'ignoroit pas les principes phyfiques de la Nature tels qu'on les connaiffoit alors : & favoit de la Métaphyfique ce qu'on en a fû dans tous les âges, c'eft-à-dire, fort peu de chofe. Il étoit fermement perfuadé que l'année étoit de trois cens foixante & cinq jours & demi, malgré la nouvelle philofophie de fon tems, & que le foleil étoit au centre du monde ; & quand les principaux Mages lui difoient avec une hauteur infultante qu'il avoit de mauvais fentimens, & que c'étoit être ennemi de l'Etat que de croire que le foleil tournoit autour de lui-même, & que l'année avoit douze mois, il fe taifoit fans colere & fans dédain.

Zadig avec de grandes richeffes, & par conféquent avec des amis, ayant de la fanté, une figure aimable, un efprit jufte & modéré, un cœur fincere & noble, crut qu'il pouvoit être heureux. Il devoit fe marier à Sémire, que fa beauté, fa naiffance & fa fortune, rendoient le premier parti de Babylone. Il avoit pour elle un attachement folide & vertueux, & Sémire l'aimoit avec paffion. Ils touchoient au moment fortuné qui alloit les unir, lorfque fe promenant enfemble vers une porte de Babylone fous les palmiers qui ornoient le rivage de l'Euphrate, ils virent venir à eux des hommes armés de fabres & de fléches. C'étoit les fatellites du jeune Orcan, neveu d'un Miniftre, à qui les courtifans de fon oncle avoient fait à croire que tout lui étoit permis. Il n'avoit aucune des graces ni des vertus de Zadig ; mais croyant valoir beaucoup mieux, il étoit défefperé de n'être pas préferé. Cette jaloufie qui ne venoit que de fa vanité, lui fit penfer qu'il aimoit éperdument Sémire. Il vou-

loit

loit l'enlever. Les ravisseurs la saisirent, & dans les em-
portemens de leur violence ils la blesserent, & firent couler le sang d'une personne dont la vûë auroit attendri les
Tigres du Mont Imaüs. Elle perçoit le Ciel de ses plaintes. Elle s'écrioit : mon cher époux ! on m'arrache à
ce que j'adore. Elle n'étoit point occupée de son danger : elle ne pensoit qu'à son cher Zadig. Celui-ci dans
le même tems la défendoit avec toute la force que donnent la valeur & l'amour. Aidé seulement de deux
esclaves, il mit les ravisseurs en fuite, & ramena chez
elle Sémire évanoüie & sanglante, qui en ouvrant les
yeux vit son libérateur. Elle lui dit : ô Zadig ! je vous
aimois comme mon époux : je vous aime comme celui à
qui je dois l'honneur & la vie. Jamais il n'y eut un
cœur plus pénétré que celui de Sémire. Jamais bouche
plus ravissante n'exprima des sentimens plus touchans par
ces paroles de feu qu'inspirent le sentiment du plus grand
des bienfaits, & le transport le plus tendre de l'amour le
plus légitime. Sa blessure étoit légére, elle guerit bien-
tôt. Zadig étoit blessé plus dangereusement ; un coup de fle-
che reçû près de l'œil lui avoit fait une playe profonde.
Sémire ne demandoit aux Dieux que la guerison de son
amant. Ses yeux étoient nuit & jour baignés de larmes :
elle attendoit le moment où ceux de Zadig pourroient
jouïr de ses regards : mais un abcès survenu à l'œil blessé
fit tout craindre. On envoya jusqu'à Memphis chercher
le grand Medecin Hermés, qui vint avec un nombreux
cortege. Il visita le malade, & déclara qu'il perdroit
l'œil, il prédit même le jour & l'heure, où ce funeste
accident devoit arriver. Si c'eût été l'œil droit, dit-il,
je l'aurois guéri ; mais les playes de l'œil gauche sont in-
curables. Tout Babylone en plaignant la destinée de
Zadig, admira la profondeur de la science d'Hermés.
Deux jours après l'abcès perça de lui-même, Zadig fut
guéri parfaitement. Hermés écrivit contre lui un livre,

où

où il lui prouva qu'il n'avoit pas dû guérir. Zadig ne
le fut point : mais dès qu'il pût sortir, il se prépara à
rendre visite à celle qui faisoit l'esperance du bonheur de
sa vie, & pour qui seule il vouloit avoir des yeux. Sémire étoit à la campagne depuis trois jours. Il apprit en
chemin que cette belle Dame ayant déclaré hautement
qu'elle avoit une aversion insurmontable pour les Borgnes, venoit de se marier à Orcan, la nuit même. A
cette nouvelle, il tomba sans connaissance, sa douleur le
mit au bord du tombeau; il fut long-tems malade. Mais
enfin la raison l'emporta sur son affliction, & l'atrocité
de ce qu'il éprouvoit, servit même à le consoler.

Puisque j'ai essuyé, dit-il, un si cruel caprice d'u-
ne fille élevée à la Cour, il faut que j'épouse une cito-
yenne. Il choisit Azora, la plus sage & la mieux née
de la ville; il l'épousa & vécut un mois avec elle dans
les douceurs de l'union la plus tendre. Seulement il re-
marquoit en elle un peu de légereté, & beaucoup de penchant à trouver toûjours que les jeunes gens les mieux
faits étoient ceux qui avoient le plus d'esprit
& de vertu.

CHA-

CHAPITRE II.

Le Nez.

Un jour Azora revint d'une promenade toute en colere, & faifant de grandes exclamations. Qu'avez-vous, lui dit-il, ma chere époufe? qui vous peut mettre ainfi hors de vous-même? Hélas! dit-elle, vous fériez indigné comme moi fi vous aviez vû le fpectacle dont je viens d'être témoin : J'ai été confoler la jeune veuve Cofrou, qui vient d'élever depuis deux jours un tombeau à fon jeune époux auprès du ruiffeau qui borde cette prairie. Elle a promis aux Dieux dans fa douleur de demeurer auprès de ce tombeau, tant que l'eau de ce ruiffeau couleroit. Eh bien, dit Zadig, voilà une femme eftimable, qui aimoit véritablement fon mari ! Ah, reprit Azora, fi vous faviez à quoi elle s'occupoit, quand je lui ai rendu vifite ! A quoi donc, belle Azora? Elle faifoit détourner le ruiffeau. Azora fe répandit en des invectives fi longues, éclata en reproches fi violens contre la jeune veuve, que ce fafte de vertu ne plut pas à Zadig.

Il avoit un ami, nommé Cador, qui étoit un de ces jeunes gens à qui fa femme trouvoit plus de probité & de mérite qu'aux autres: il le mit dans fa confidence, & s'affûra, autant qu'il le pouvoit, de fa fidélité par un préfent confidérable. Azora ayant paffé deux jours chez une de fes amies à la campagne, revint le troifiéme jour à la maifon. Des domeftiques en pleurs lui annoncérent que fon mari étoit mort fubitement la nuit même; qu'on n'avoit pas ofé lui porter cette funefte nouvelle, & qu'on venoit d'enfevelir Zadig dans le tombeau de fes peres au bout du jardin. Elle pleura, s'arracha les cheveux, & jura de mourir. Le foir, Cador lui demanda la permiffion de lui parler, & ils pleurérent tous deux. Le lendemain, ils pleurérent

rérent moins, & dinérent enfemble. Cador lui confia, que fon ami lui avoit laiffé la plus grande partie de fon bien, & lui fit entendre qu'il mettroit fon bonheur à partager fa fortune avec elle. La dame pleura, fe fâcha, s'adoucit; le fouper fut plus long que le diner; on fe parla avec plus de confiance. Azora fit l'éloge du défunt; mais elle avoua qu'il avoit des défauts dont Cador étoit exent. Au milieu du fouper, Cador fe plaignit d'un mal de rate violent; la dame inquiéte & empreffée fit apporter toutes les effences dont elle fe parfumoit, pour effayer, s'il n'y en avoit pas quelqu'une qui fût bonne pour le mal de rate; elle regretta beaucoup que le grand Hermés ne fût pas encore à Babylone; elle daigna même toucher le côté où Cador fentoit de fi vives douleurs. Etes-vous fujet à cette cruelle maladie, lui dit-elle avec compaffion? Elle me met quelquefois au bord du tombeau, lui répondit Cador, & il n'y a qu'un feul reméde qui puiffe me foulager; c'eft de m'appliquer fur le côté le nez d'un homme qui foit mort la veille: voilà un étrange reméde, dit Azora. Pas plus étrange, répondit-il, que les fachets du Sieur Arnou * contre l'apoplexie. Cette raifon jointe à l'extrême mérite du jeune homme, détermina enfin la dame. Après tout, dit-elle, quand mon mari paffera du monde d'hier dans le monde du lendemain fur le pont Tchimavar, l'ange Afraël lui accordera-t-il moins le paffage, parceque fon nez fera un peu moins long dans la feconde vie que dans la premiére? Elle prit donc un razoir; elle alla au tombeau de fon époux, l'arrofa de fes larmes, & s'approcha pour couper le nez à Zadig, qu'elle trouva tout étendu dans la tombe. Zadig fe releve en tenant fon nez d'une main, & arrêtant le razoir de l'autre. Madame, lui dit-il, ne criez plus tant contre la jeune Cofrou; le projet de me couper le nez, vaut bien celui de détourner un ruiffeau.

CHA-

---

* Il y avoit dans ce tems un Babylonien nommé Arnou, qui guériffoit & prévenoit toutes les apoplexies, dans les Gazettes, avec un fachet pendu au cou.

CHAPITRE III.

Le Chien & le Cheval.

Zadig éprouva que le premier mois du mariage, comme il eſt écrit dans le livre du *Zend*, eſt la lune du miel, & que le ſecond eſt la lune de l'abſinthe. Il fut quelque tems après obligé de répudier Azora, qui étoit devenuë trop difficile à vivre, & il chercha ſon bonheur dans l'étude de la Nature. Rien n'eſt plus heureux, diſoit-il, qu'un philoſophe qui lit dans ce grand livre, que Dieu a mis ſous nos yeux. Les vérités qu'il découvre ſont à lui : il nourrit & il éleve ſon ame ; il vit tranquille ; il ne craint rien des hommes, & ſa tendre épouſe ne vient point lui couper le nez.

Plein de ces idées, il ſe retira dans une maiſon de campagne ſur les bords de l'Euphrate. Là il ne s'occupoit pas à calculer combien de pouces d'eau couloient en une ſeconde ſous les arches d'un pont, ou s'il tomboit une ligne cube de pluie dans le mois de la ſouris, plus que dans le mois du mouton. Il n'imaginoit point de faire de la ſoie avec des toiles d'araignées, ni de la porcelaine avec des bouteilles caſſées ; mais il étudia ſur-tout les propriétés des animaux & des plantes, & il acquit bien-tôt une ſagacité qui lui découvroit mille différences où les autres hommes ne voyent rien que d'uniforme.

Un jour ſe promenant auprès d'un petit bois, il vit accourir à lui un Eunuque de la Reine, ſuivi de pluſieurs Officiers qui paraiſſoient dans la plus grande inquiétude, & qui couroient çà & là, comme des hommes égarés, qui cherchent ce qu'ils ont perdu de plus précieux. Jeune homme, lui dit le premier Eunuque, n'avez-vous point
vû le

vû le chien de la Reine ? Zadig répondit modeſtement :
c'eſt une chienne & non pas un chien.   Vous avez raiſon, reprit le premier Eunuque.   C'eſt une eſpagneule
très-petite, ajouta Zadig.   Elle a fait depuis peu des
chiens, elle boite du pied gauche de devant, & elle a
les oreilles très-longues.   Vous l'avez donc vûë, dit le
premier Eunuque tout eſſouflé.   Non, répondit Zadig,
je ne l'ai jamais vûë ; & je n'ai jamais ſû ſi la Reine avoit
une chienne.

Préciſément dans le même tems, par une bizarerie
ordinaire de la fortune, le plus beau cheval de l'écurie
du Roi s'étoit échappé des mains d'un palfrenier dans les
plaines de Babylone.   Le grand Veneur, & tous les autres Officiers couroient après lui avec autant d'inquiétude
que le premier Eunuque après la chienne.   Le grand Veneur s'addreſſa à Zadig, & lui demanda, s'il n'avoit point
vû paſſer le cheval du Roi.   C'eſt, répondit Zadig, le
cheval qui galoppe le mieux.   Il a cinq pieds de haut, le
ſabot fort petit, il porte une queuë de trois pieds & demi
de long : les boſſettes de ſon mords ſont d'or à vingt-
trois carats, ſes fers ſont d'argent à onze deniers.   Quel
chemin a-t-il pris ? Où eſt-il, demanda le grand Veneur ? Je ne l'ai point vû, répondit Zadig, & je n'en ai
jamais entendu parler.

Le grand Veneur & le premier Eunuque ne doutè-
rent pas que Zadig n'eût volé le cheval du Roi, & la
chienne de la Reine, ils le firent conduire devant l'aſſemblée du grand Deſterham, qui le condamna au Knout,
& à paſſer le reſte de ſes jours en Sibérie.   A peine le jugement fut-il rendu qu'on retrouva le cheval & la chienne.   Les juges furent dans la douloureuſe néceſſité de ré-
former leur arrêt.   Mais ils condamnérent Zadig à payer
quatre cens onces d'or, pour avoir dit qu'il n'avoit point
vû ce qu'il avoit vû ; il fallut d'abord payer cette
amen-

amende. Après quoi il fut permis à Zadig de plaider sa caufe, au confeil du grand Defterham ; il parla en ces termes :

Etoiles de juftice, abîmes de fciences, miroirs de vérité, qui avez la péfanteur du plomb, la dureté du fer, l'éclat du diamant, & beaucoup d'affinité avec l'or. Puifqu'il m'eft permis de parler devant cette augufte affemblée, je vous jure par Orofmade, que je n'ai jamais vû la chienne refpectable de la Reine, ni le cheval facré du Roi des Rois. Voici ce qu'il m'eft arrivé. Je me promenois vers le petit bois, où j'ai rencontré depuis le vénérable Eunuque, & le très-illuftre grand Veneur. J'ai vû fur le fable les traces d'un animal, & j'ai jugé aifément que c'étoit celles d'un petit chien. Des fillons légers & longs, imprimés fur de petites eminences de fable entre les traces des pates, m'ont fait connaître que c'étoit une chienne dont les mammelles étoient pendantes, & qu'ainfi elle avoit fait des petits il y a peu de jours. D'autres traces en un fens different qui paraiffoient toujours avoir rafé la furface du fable à côté des pates de devant, m'ont appris qu'elle avoit les oreilles très-longues, & comme j'ai remarqué que le fable étoit toujours moins creufé par une pate que par les trois autres, j'ai compris que la chienne de notre augufte Reine étoit un peu boiteufe, fi je l'ofe dire.

A l'égard du cheval du Roi des Rois, vous faurez que me promenant dans les routes de ce bois, j'ai apperçû les marques de fers d'un cheval, elles étoient toutes à égales diftances. Voilà, ai-je dit, un cheval qui a un galop parfait, la pouffiere des arbres dans une route étroite qui n'a que fept pieds de large, étoit un peu enlevée à droite & à gauche à trois pieds & demi du milieu de la route. Ce cheval, ai-je dit, a une queuë de trois pieds & demi, qui par fes mouvemens de droite & de

gauche a balayé cette poussiere.   J'ai vû sous les arbres
qui formoient un berceau de cinq pieds de haut , les
feuilles des branches nouvellement tombées ; & j'ai connu que ce cheval y avoit touché ; & qu'ainsi il avoit cinq
pieds de haut.   Quant à son mords, il doit être d'or à
vingt-trois carats ; car il en a frotté les bossettes contre
une pierre que j'ai reconnuë être une pierre de touche, &
dont j'ai fait l'essai.   J'ai jugé enfin par les marques que
ses fers ont laissé sur des cailloux d'une autre espéce, qu'il
étoit ferré d'argent à onze deniers de fin.   Tous les Juges admirérent le profond & subtil discernement de Zadig; la nouvelle en vint jusqu'au Roi, & à la Reine. On
ne parloit que de Zadig dans les antichambres, dans la
chambre & dans le cabinet, & quoique plusieurs Mages
opinassent qu'on devoit le brûler comme sorcier, le Roi
ordonna qu'on lui rendît l'amende des quatre cens onces
d'or à laquelle il avoit été condamné.   Le Greffier , les
Huissiers , les Procureurs vinrent chez lui en grand appareil lui rapporter ses quatre cens onces ; ils en retinrent
seulement trois cens quatre-vingt dix-huit pour les frais
de justice ; & leurs valets demandérent des honoraires.

Zadig vit combien il étoit dangereux quelquefois
d'être trop savant, & se promit bien à la premiére occasion de ne point dire ce qu'il avoit vû.

Cette occasion se trouva bien-tôt.   Un prisonnier
d'Etat s'échappa, il passa sous les fenêtres de sa maison.
On interrogea Zadig, il ne répondit rien.   Mais on lui
prouva qu'il avoit regardé par la fenêtre.   Il fut condamné pour ce crime à cinq cens onces d'or, & il remercia ses Juges de leur indulgence, selon la coutume de Babylone.   Grand Dieu! dit-il en lui-même, qu'on est à plaindre quand on se promene dans un bois, où la chienne de
la Reine & le cheval du Roi ont passé ? Qu'il est dangereux de se mettre à la fenêtre? Et qu'il est difficile
d'être heureux dans cette vie?

CHA-

CHAPITRE IV.

L'envieux.

Zadig voulut se consoler par la philosophie & par l'a-
mitié, des maux que lui avoit fait la fortune. Il
avoit dans un fauxbourg de Babylone une maison ornée
avec goût, où il rassembloit tous les arts, & tous les
plaisirs dignes d'un honnête homme. Le matin sa biblio-
thèque étoit ouverte à tous les savans; le soir sa table l'é-
toit à la bonne compagnie; mais il connut bien-tôt combien les savans sont dangereux : il s'éleva une grande dis-
pute sur une loi de Zoroastre, qui défendoit de manger
du griffon. Comment défendre le griffon, disoient les
uns, si cet animal n'existe pas ? Il faut bien qu'il existe,
disoient les autres, puisque Zoroastre ne veut pas qu'on
en mange. Zadig voulut les accorder, en leur disant :
s'il y a des griffons, n'en mangeons point; s'il n'y en
a point, nous en mangerons encore moins, & par-là
nous obéirons tous à Zoroastre.

+ ~~Un savant qui avoit composé~~ ... il rassembloit chez lui les plus
honnêtes gens de Babylone, & les dames les plus aimables;
il donnoit des soupers délicats, souvent précédés de con-
certs, & animés par des conversations charmantes, dont
il avoit sû bannir l'empressement de montrer de l'esprit,
qui est la plus sûre manière de n'en point avoir, & de gâter la société la plus brillante. Ni le choix de ses amis,
ni celui des mets n'étoient faits par la vanité ; car en tout
il préféroit l'être au paraître, & par-là il s'attiroit la con-
sidération véritable, à laquelle il ne prétendoit pas.

Vis-

+ Un savant qui avoit composé treize volumes sur
les propriétés du griffon et qui de plus étoit grand
Turgotte, se hâta d'aller accuser Zadig devant un
Archimage nommé Yebor, le plus sot des chaldéens
et partant le plus fanatique. cet homme auroit
fait empaler Zadig pour la plus grande gloire
du soleil et en auroit récité le breviaire de
Zoroastre d'un ton plus satisfait. l'ami Cador
(un ami vaut mieux que cent prêtres) alla trouver
le vieux Yebor, et lui dit : vive le soleil et les
griffons, gardez vous bien de punir Zadig. c'est un
saint : il a des griffons dans sa basse cour et n'en
mange point. et son accusateur est un hérétique
qui ose soutenir que les lapins ont le pied fendu
et ne sont point immondes. eh bien, dit Yebor
en branlant sa tête chauve, il faut empaler
Zadig pour avoir mal pensé des griffons et l'autre
pour avoir mal parlé des lapins. Cador appaisa
l'affaire par le moyen d'une fille d'honneur
à laquelle il avoit fait un enfant, et qui avoit
beaucoup de crédit dans le collège des Mages.
personne ne fut empalé; de quoi plusieurs docteurs
plusieurs docteurs et en présagèrent la decadence
de Babilone. Zadig s'écria : à quoi tient le
bonheur! tout me persecute dans ce monde
jusqu'aux êtres qui n'existent pas. il maudit
les savans et ne voulut plus vivre qu'en
bonne compagnie.

il

Vis-à-vis fa maifon demeuroit Arimaze, perfonnage
rempli d'orgueil, qui n'ayant pû réüffir dans le monde,
s'en vangeoit par en médire. Tout riche qu'il étoit, il
avoit de la peine à raffembler chez lui des flatteurs. Le
bruit des chars qui entroient le foir chez Zadig l'importu-
noit, le bruit de fes louanges l'irritoit davantage. Il alloit quelquefois chez Zadig, & fe mettoit à table fans
être prié: il y corrompoit toute la joye de la fociéte, comme on dit que les harpies infectent les viandes qu'elles
touchent. Il lui arriva un jour de vouloir donner une
fête à une dame, qui, au lieu de la recevoir, alla fouper
chez Zadig. Un autre jour, caufant avec lui dans le palais, ils abordérent un Miniftre qui pria Zadig à fouper,
& ne pria point Arimaze. Les plus implacables haines
n'ont pas fouvent des fondemens plus importans. Cet
homme, qu'on appelloit l'*Envieux* dans Babylone, voulut perdre Zadig, parce qu'on l'appelloit l'*Heureux*. L'occafion de faire du mal fe trouve cent fois par jour, & celle
de faire du bien une fois dans l'année, comme dit Zoroaftre.

L'Envieux alla chez Zadig, qui fe promenoit dans
fes jardins avec deux amis & une dame à laquelle il difoit
fouvent des chofes galantes, fans autre intention que celle de les dire. La converfation rouloit fur une guerre que
le Roi venoit de terminer heureufement contre le Prince
d'Hircanie, fon vaffal. Zadig qui avoit fignalé fon courage dans cette courte guerre, louoit beaucoup le Roi, &
encore plus la dame. Il prit fes tablettes, & écrivit quatre vers qu'il fit fur le champ, & qu'il donna à lire à
cette belle perfonne. Ses amis le priérent de leur en faire part: la modeftie, ou plûtôt un amour propre bien entendu l'en empêcha. Il favoit que des vers impromtus ne
font jamais bons que pour celle en l'honneur de qui ils
font faits: il brifa en deux la feuille des tablettes fur laquelle il venoit d'écrire, & jetta les deux moitiés dans un
buiffon de rofes où on les chercha inutilement. Une petite

tite pluie furvint, on regagna la maifon. L'Envieux qui
refta dans le jardin, chercha tant qu'il trouva un morceau
de la feuille. Elle avoit été tellement rompuë, que chaque moitié de vers qui rempliffoit la ligne, faifoit un fens,
& même un vers d'une plus petite mefure : mais par un
hazard encore plus étrange, ces petits vers fe trouvoient
former un fens qui contenoit les injures les plus horribles
contre le Roi ; on y lifoit :

> Par les plus grands forfaits
> Sur le Trône affermi,
> Dans la publique paix
> C'eft le feul ennemi.

L'Envieux fut heureux pour la première fois de fa vie. Il
avoit entre les mains de quoi perdre un homme vertueux
& aimable. Plein de cette cruelle joye, il fit parvenir
jufqu'au Roi cette Satire écrite de la main de Zadig : on
le fit mettre en prifon, lui, fes deux amis, & la dame.
Son procès lui fut bien-tôt fait, fans qu'on daignât l'entendre. Lorfqu'il vint recevoir fa fentence, l'Envieux fe
trouva fur fon paffage, & lui dit tout haut, que fes vers
ne valoient rien. Zadig ne fe piquoit pas d'être bon poëte : mais il étoit au defefpoir d'être condamné comme
criminel de leze-Majefté, & de voir qu'on retînt en prifon une belle dame & deux amis pour un crime qu'il n'a-
voit pas fait. On ne lui permit pas de parler, parceque
fes tablettes parloient. Telle étoit la Loi de Babylone.
On le fit donc aller au fupplice à travers une foule de curieux dont aucun n'ofoit le plaindre, & qui fe précipi-
toient pour examiner fon vifage, & pour voir s'il mou-
roit avec bonne grace. Ses parens feulement étoient affli-
gés, car ils n'héritoient pas. Les trois quarts de fon bien
étoient confifqués au profit du Roi, & l'autre quart au
profit de l'Envieux.

Dans le tems qu'il fe préparoit à la mort, le perroquet du Roi s'envola de fon balcon, & s'abattit dans le

jardin de Zadig fur un buiffon de rofes. Une pêche y a-
voit été portée d'un arbre voifin par le vent : elle étoit
tombée fur un morceau de tablettes à écrire auquel elle
s'étoit collée. L'oifeau enleva la pêche & la tablette, &
les porta fur les genoux du Monarque. Le Prince curieux y lut des mots qui ne formoient aucun fens, & qui
paraiffoient des fins de vers. Il aimoit la poëfie : l'avanture de fon perroquet le fit rêver. La Reine qui fe fouvenoit de ce qui avoit été écrit fur une piéce de la tablette
de Zadig, fe la fit apporter. On confronta les deux morceaux qui s'ajuftoient enfemble parfaitement ; on lut alors
les vers tels que Zadig les avoit faits :

el y a toujours
de la reffource
avec les princes
qui aiment
les vers.

> Par les plus grands forfaits j'ai vû troubler la terre,
> Sur le Trône affermi le Roi fait tout dompter.
> Dans la publique paix l'amour feul fait la guerre :
> C'eft le feul ennemi qui foit à redouter.

Le Roi ordonna auffi-tôt qu'on fît venir Zadig devant lui,
& qu'on fît fortir de prifon fes deux amis, & la belle dame. Zadig fe jetta le vifage contre terre aux pieds du Roi
& de la Reine : il leur demanda très-humblement pardon d'avoir fait de mauvais vers : il parla avec tant de grace, d'efprit & de raifon, que le Roi & la Reine voulu-
rent le revoir. Il revint, & plut encore davantage. On
lui donna tous les biens de l'Envieux qui l'avoit injufte-
ment accufé : mais Zadig les rendit tous ; & l'Envieux ne
fut touché que du plaifir de ne pas perdre fon bien. L'eftime du Roi s'accrut de jour en jour pour Zadig. Il le
mettoit de tous fes plaifirs, & le confultoit dans toutes
fes affaires. La Reine le regarda dès-lors avec une com-
plaifance qui pouvoit devenir dangereufe pour elle, pour
le Roi fon augufte époux, pour Zadig & pour le Royau-
me. Zadig commençoit à croire qu'il n'eft pas fi
difficile d'être heureux.

CHA-

CHAPITRE V.

Les Généreux.

L e tems arriva où l'on célébroit une grande fête, qui revenoit tous les cinq ans. C'étoit la coutume à Babylone de déclarer folemnellement au bout de cinq années, celui des citoyens qui avoit fait l'action la plus généreuse. Les Grands & les Mages étoient les juges. Le premier Satrape chargé du foin de la ville, expofoit les plus belles actions qui s'étoient paffées fous fon gouvernement. On alloit aux voix : le Roi prononçoit le jugement. On venoit à cette folemnité des extrémités de la terre. Le vainqueur recevoit des mains du Monarque une coupe d'or garnie de pierreries, & le Roi lui difoit ces paroles : *Recevez ce prix de la générofité, & puiffent les Dieux me donner beaucoup de fujets qui vous reffemblent.*

Ce jour mémorable venu, le Roi parut fur fon trône, environné des Grands, des Mages, & des députés de toutes les nations qui venoient à ces jeux, où la gloire s'acquéroit non par la légereté des chevaux, non par la force du corps, mais par la vertu. Le premier Satrape rapporta à haute voix les actions, qui pouvoient mériter à leurs auteurs ce prix ineftimable. Il ne parla point de la grandeur d'ame avec laquelle Zadig avoit rendu à l'Envieux toute fa fortune : ce n'étoit pas une action qui méritât de difputer le prix.

Il préfenta d'abord un Juge, qui ayant fait perdre un procès confidérable à un citoyen, par une méprife

B 4   dont

dont il n'étoit pas même responſable , lui avoit donné
tout ſon bien, qui étoit la valeur de ce que l'autre a-
voit perdu.

Il produiſit enſuite un jeune homme , qui étant
éperdûment épris d'une fille qu'il alloit épouſer, l'avoit
cédée à un ami près d'expirer d'amour pour elle , & qui
avoit encore payé la dot en cédant la fille.

Enſuite il fit paraître un ſoldat, qui dans la guerre
d'Hircanie avoit donné encore un plus grand exemple
de généroſité.   Des ſoldats ennemis lui enlevoient ſa
maîtreſſe, & il la défendoit contr'eux : on vint lui
dire que d'autres Hircaniens enlevoient ſa mere à quelques pas de - là : il quitta en pleurant ſa maîtreſſe, &
courut délivrer ſa mere , il retourna enſuite vers celle
qu'il aimoit, & la trouva expirante. Il voulut ſe tuer ;
ſa mere lui remontra qu'elle n'avoit que lui pour tout
ſecours, & il eut le courage de ſouffrir la vie.

Les juges panchoient pour ce ſoldat. Le Roi prit
la parole , & dit : ſon action & celle des autres ſont belles ; mais elles ne m'étonnent point ; hier Zadig en a
fait une qui m'a étonné. J'avois diſgracié depuis quelques jours mon Miniſtre & mon Favori Coreb. Je me
plaignois de lui avec violence , & tous mes courtiſans
m'aſſûroient que j'étois trop doux ; c'étoit à qui me
diroit le plus de mal de Coreb. Je demandai à Zadig
ce qu'il en penſoit, & il oſa en dire du bien. J'avouë
que j'ai vû, dans nos hiſtoires, des exemples qu'on a
payé de ſon bien une erreur; qu'on a cédé ſa maîtreſſe;
qu'on a préferé une mere à l'objet de ſon amour : mais
je n'ai jamais lû qu'un courtiſan ait parlé avantageuſe-
ment d'un Miniſtre diſgracié, contre qui ſon Souverain
étoit en colére. Je donne vingt mille piéces d'or à
chacun

chacun de ceux dont on vient de réciter les actions géné-
reufes : mais je donne la coupe à Zadig.

Sire, lui dit-il, c'eft votre Majefté feule qui mérite
la coupe, c'eft elle qui a fait l'action la plus inouïe,
puifqu'étant Roi, vous ne vous êtes point fâché contre
votre efclave, lorfqu'il contredifoit votre paffion.   On
admira le Roi & Zadig.   Le juge qui avoit donné fort
bien, l'amant qui avoit marié fa maîtreffe à fon ami, le
foldat qui avoit préferé le falut de fa mere à celui de fa
maîtreffe, reçurent les préfens du Monarque, ils virent
leurs noms écrits dans le livre des généreux.   Zadig
eut la coupe.   Le Roi acquit la réputation d'un bon
Prince qu'il ne garda pas long-tems.   Ce jour fut con-
facré par des fêtes plus longues que la loi ne le portoit.
On y repréfenta des Tragédies, qui faifoient répandre
des larmes, & des Comédies qui faifoient rire, ce qui
étoit paffé de mode à Babylone.   La mémoire s'en
conferve encore dans l'Afie. Zadig difoit : je fuis
donc enfin heureux ; mais il fe
trompoit.

CHAPITRE VI.

Les Jugemens.

Tout jeune qu'il étoit, il fut établi Juge suprême de tous les tribunaux de l'Empire. Il remplit cette place comme un homme, à qui Dieu avoit donné la science & la justice. C'est de lui que les nations tiennent ce grand principe : qu'il vaut mieux hazarder de sauver un coupable que de condamner un innocent. Il croyoit que les loix étoient faites pour secourir les citoyens autant que pour les intimider. Son principal talent étoit de démêler la vérité que tous les hommes cherchent à obscurcir. Dès les premiers jours de son administration il mit ce grand talent en usage. Un fameux négociant de Babylone étoit mort aux Indes, il avoit fait ses héritiers ses deux fils par portions égales, après avoir marié leur sœur ; & il laissoit un présent de trente mille piéces d'or à celui de ses deux fils qui seroit jugé l'aimer davantage. L'aîné lui bâtit un tombeau : le second augmenta d'une partie de son héritage la dot de sa sœur : chacun disoit c'est l'aîné qui aime le mieux son pere. Le cadet aime mieux sa sœur. C'est à l'aîné qu'appartiennent les trente mille piéces.

Zadig les fit venir tous deux l'un après l'autre. Il dit à l'aîné : votre pere n'est point mort, il est gueri de sa derniere maladie, il revient à Babylone. Dieu soit loué, répondit le jeune homme, mais voilà un tombeau qui m'a coûté bien cher ! Zadig dit ensuite la même chose au cadet. Dieu soit loué, répondit-il, je vais rendre à mon pere tout ce que j'ai : mais je voudrois, qu'il laissât à ma sœur ce que je lui ai donné. Vous ne

rendrez

rendrez rien, dit Zadig, & vous aurez les trente mille
piéces; c'est vous qui aimez le mieux votre pere.

Une fille fort riche avoit fait une promesse de mariage à deux Mages, & après avoir reçû quelques mois
des instructions de l'un & de l'autre, elle se trouva grosse.
Ils vouloient tous deux l'époufer. Je prendrai pour mon
mari, dit-elle, celui des deux qui m'a mis en état de
donner un citoyen à l'Empire. C'est moi qui ait fait
cette bonne œuvre, dit l'un; c'est moi qui ait eu cet a-
vantage, dit l'autre. Eh bien, répondit-elle, je recon-
nais pour peré de l'enfant celui de deux qui lui pourra
donner la meilleure éducation. Elle accoucha d'un fils.
Chacun des Mages veut l'élever : la cause est portée devant Zadig. Il fait venir les deux Mages. Qu'enseigne-
ras-tu à ton pupille, dit-il au premier ? Je lui apprendrai, dit le Docteur, les huit parties d'oraison, la diale-
ctique, l'astrologie, la démonomanie, ce que c'est que
la substance & l'accident, l'abstrait & le concret, *& cætera, & cætera, & cætera.* Moi, dit le second, je tâ-
cherai de le rendre juste & digne d'avoir des amis. Zadig prononça, que tu sois son pere ou non, tu épou-
feras sa mere.

Il venoit tous les jours des plaintes à la Cour contre
l'Itimadoulet de Médie nommé Irax. C'étoit un grand
Seigneur dont le fond n'étoit pas mauvais, mais qui étoit
corrompu par la vanité & par la volupté. Il souffroit
rarement qu'on lui parlât, & jamais qu'on l'osât contre-
dire. Les paons ne font pas plus vains, les colombes ne
font pas plus voluptueuses, les tortuës ont moins de pa-
resse. Il ne respiroit que la fausse gloire & les faux plaifirs. Zadig entreprit de le corriger.

Il lui envoya de la part du Roi un Maître de Mufique avec douze Voix & vingt-quatre Violons, un Maître-
d'hôtel

d'hôtel avec six Cuisiniers, & quatre Chambellans, qui ne devoient pas le quitter. L'ordre du Roi portoit que l'étiquette suivante seroit inviolablement observée, & voici comme les choses se passèrent.

Le premier jour dès que le voluptueux Irax fut éveillé le Maître de Musique entra suivi des voix & des violons : on chanta une Cantate qui dura deux heures, & de trois minutes en trois minutes le refrain étoit :

> Que son mérite est extrême !
> Que de graces, que de grandeur,
> Ah combien Monseigneur
> Doit être content de lui - même !

Après l'exécution de la Cantate, un Chambellan lui fit une harangue de trois quarts d'heure, dans laquelle on le louoit expressément de toutes les bonnes qualités qui lui manquoient : la harangue finie on le conduisit à table au son des instrumens. Le diner dura trois heures ; dès qu'il ouvrit la bouche pour parler, le premier Chambellan dit, il aura raison ; à peine eut-il prononcé quatre paroles que le second Chambellan s'écria : il a raison. Les deux autres Chambellans firent de grands éclats de rire des bons mots qu'Irax avoit dit ou qu'il avoit dû dire. Après diner on lui répéta sa Cantate.

Cette première journée lui parut délicieuse, il crut que le Roi des Rois l'honoroit selon ses mérites ; la seconde lui parut moins agréable ; la troisiéme fut génante ; la quatriéme fut insupportable ; la cinquiéme fut un supplice : enfin outré d'entendre toujours chanter : *Ah combien Monseigneur doit être content de lui - même !* d'entendre toujours dire qu'il avoit raison, & d'être harangué chaque jour à la même heure. Il écrivit en Cour pour supplier le Roi qu'il daignât rappeller ses Chambellans,

ses

ſes Muſiciens, ſon Maître-d'hôtel, il promit d'être déſor-
mais moins vain & plus appliqué. Il ſe fit moins encen-
ſer, eut moins de fêtes, & fut plus heureux; car comme
dit Sadder: *toujours du plaiſir, n'eſt pas du plaiſir.*

Zadig montroit tous les jours la ſubtilité de ſon
génie, & la bonté de ſon ame, il étoit adoré des peuples
& chéri du Roi; les premiéres traverſes de ſa vie aug-
mentoient encore ſa félicité préſente; mais toutes les
nuits il avoit un ſonge qui lui faiſoit quelque peine. Il
lui ſembloit qu'il étoit couché d'abord ſur des herbes ſéches, parmi leſquelles il y en avoit quelques-unes de
piquantes qui l'incommodoient, & qu'enſuite il repoſoit
mollement ſur un lit de roſes dont il ſortoit un ſerpent
qui le bleſſoit au cœur de ſa langue acerée & envenimée.
Hélas, diſoit-il, j'ai été long-tems couché ſur ees herbes ſéches & piquantes, je ſuis maintenant ſur le
lit de roſes, mais quel ſera le
ſerpent?

————————

CHA-

CHAPITRE VII.

La Jalousie.

Le malheur de Zadig vint de son bonheur même, & sur-tout de son mérite. Il avoit tous les jours des entretiens avec le Roi & avec Astarté son auguste épouse. Les charmes de sa conversation redoubloient encore par cette envie de plaire qui est à l'esprit ce que la parure est à la beauté, sa jeunesse & ses graces firent insensiblement sur Astarté une impression dont elle ne s'apperçut pas d'abord. Sa passion croissoit dans le sein de l'innocence. Astarté se livroit sans scrupule & sans crainte au plaisir de voir & d'entendre un homme cher à son époux & à l'Etat; elle ne cessoit de le vanter au Roi; elle en parloit à ses femmes qui enchérissoient encore sur ses louanges; tout servoit à enfoncer dans son cœur le trait qu'elle ne sentoit pas. Elle faisoit des présens à Zadig, dans lesquels il entroit plus de galanterie qu'elle ne pensoit; elle croyoit ne lui parler qu'en Reine contente de ses services, & quelquefois ses expressions étoient d'une femme sensible.

Astarté étoit beaucoup plus belle que cette Sémire qui haïssoit tant les Borgnes, & que cette autre femme qui avoit voulu couper le nez à son époux. La familiarité d'Astarté, ses discours tendres dont elle commençoit à rougir, ses regards qu'elle vouloit détourner, & qui se fixoient sur les siens, allumèrent dans le cœur de Zadig un feu dont il s'étonna. Il combattit; il appella à son secours la philosophie qui l'avoit toujours secouru; il n'en tira que des lumieres & n'en reçut aucun soulagement.

Le devoir, la reconnaissance, la majesté souveraine violée se présentoient à ses yeux comme des Dieux vangeurs;

geurs ; il combattoit, il triomphoit, mais cette victoire qu'il falloit remporter à tous momens lui coutoit des gémissemens & des larmes. Il n'osoit plus parler à la Reine avec cette douce liberté qui avoit eu tant de charmes pour tous deux, ses yeux se couvroient d'un nuage, ses discours étoient contraints & sans suite, il baissoit la vûë, & quand malgré lui ses regards se tournoient vers Aftarté, ils rencontroient ceux de la Reine mouillés de pleurs dont il partoit des traits de flamme : ils sembloient se dire l'un à l'autre, nous nous adorons & nous craignons de nous aimer, nous brûlons tous deux d'un feu que nous condamnons.

Zadig sortoit d'auprès d'elle, égaré, éperdu, le cœur surchargé d'un fardeau qu'il ne pouvoit plus porter, dans la violence de ces agitations, il laissa pénétrer son secret à son ami Cador, comme un homme qui ayant soutenu long-tems les atteintes d'une vive douleur, fait enfin connaître son mal par un cri qu'un redoublement aigu lui arrache & par la sueur froide qui coule sur son front.

Cador lui dit : j'ai déja démêlé les sentimens que vous vouliez vous cacher à vous-même, les passions ont des signes auxquels on ne peut se méprendre, jugez mon cher Zadig, puisque j'ai lû dans votre cœur, si le Roi n'y découvrira pas un sentiment qui l'offense. Il n'a d'autre défaut que celui d'être le plus jaloux des hommes. Vous résistez à votre passion avec plus de force que la Reine ne combat la sienne, parceque vous êtes philosophe, & parceque vous êtes Zadig. Aftarté est femme, elle laisse parler ses regards avec d'autant plus d'imprudence, qu'elle ne se croit pas encore coupable. Malheureusement rassurée sur son innocence, elle néglige des dehors nécessaires. Je tremblerai pour elle, tant qu'elle n'aura rien à se reprocher. Si vous étiez d'accord l'un & l'autre, vous sauriez tromper tous les yeux : une passion naissante & combattuë éclate ; un amour satisfait sait

se

se cacher. Zadig frémit à la proposition de trahir le Roi son bienfaicteur; & jamais il ne fut plus fidéle à son Prince, que quand il fut coupable envers lui d'un crime involontaire. Cependant la Reine prononçoit si souvent le nom de Zadig.; son front se couvroit de tant de rougeur en le prononçant; elle étoit tantôt si animée, tantôt si interdite, quand elle lui parloit en présence du Roi; une rêverie si profonde s'emparoit d'elle, quand il étoit sorti, que le Roi fut troublé. Il crut tout ce qu'il voyoit, & imagina tout ce qu'il ne voyoit point. Il remarqua sur-tout, que les babouches de sa femme étoient bleues, & que les babouches de Zadig étoient bleues; que les rubans de sa femme étoient jaunes, & que le bonnet de Zadig étoit jaune : c'étoit-là de terribles indices pour un Prince délicat. Les soupçons se tournérent en certitude dans son esprit aigri.

Tous les esclaves des Rois & des Reines sont autant d'espions de leurs cœurs. On pénétra bientôt qu'Astarté étoit tendre, & que Moabdar étoit jaloux. L'*Envieux* qui ne s'étoit point corrigé, parceque le caillou ne se ramollit pas, & que les animaux venimeux conservent toujours leur poison, l'Envieux, dis-je, écrivit à Moabdar une lettre anonyme, recours infâme des esprits pervers, qui est toujours méprisé, mais qui cette fois porta coup, parceque cette lettre secondoit les sentimens funestes qui déchiroit le cœur du Prince. Enfin il ne songea plus qu'à la maniére de se vanger. Il résolut une nuit d'empoisonner la Reine, & de faire mourir Zadig par le cordeau, au point du jour. L'ordre en fut donné à un impitoyable Eunuque, exécuteur de ses vangeances. Il y avoit alors dans la chambre du Roi un petit nain qui étoit muet, mais qui n'étoit pas sourd. On le souffroit toujours : il étoit témoin de ce qui se passoit de plus secret, comme un animal domestique. Ce petit muet étoit très-attaché à la Reine & à Zadig. Il entendit avec autant

de

de furprife que d'horreur, donner l'ordre de leur mort. Mais comment faire pour prévenir cet ordre effroyable, qui alloit s'exécuter dans peu d'heures ? Il ne favoit pas écrire, mais il avoit appris à peindre, & favoit fur-tout faire reffembler. Il paffa une partie de nuit à crayonner ce qu'il vouloit faire entendre à la Reine. Son deffin repréfentoit le Roi agité de fureur, dans un coin du tableau, donnant des ordres à fon Eunuque; un cordeau & une vafe fur un table; la Reine, dans le milieu du tableau, expirante entre les bras de fes femmes ; & Zadig étranglé à fes pieds. L'horifon repréfentoit un foleil levant, pour marquer que cette horrible exécution devoit fe faire aux premiers rayons de l'aurore. Dès qu'il eut fini cet ouvrage, il courut chez une femme d'Aftarté, la réveilla, & lui fit entendre qu'il falloit dans l'inftant même porter ce tableau à la Reine.

Cependant au milieu de la nuit, on vient frapper à la porte de Zadig ; on le réveille; on lui donne un billet de la Reine ; il doute fi c'eft un fonge ; il ouvre la lettre d'une main tremblante. Quelle fut fa furprife, & qui pourroit exprimer la confternation & le defefpoir dont il fut accablé, quand il lut ces paroles : *Fuyez dans l'inftant même, où l'on va vous arracher la vie. Fuyez, Zadig, je vous l'ordonne au nom d'un amour funefte que j'ai toujours combattu, & que je vous avouë enfin fur le point de l'expier par ma mort. Je n'étois point coupable; mais je fens que je vais mourir criminelle.*

Zadig eut à peine la force de parler. Il ordonna qu'on fît venir Cador, & fans lui rien dire, il lui donna ce billet. Cador le força d'obéïr, & de prendre fur le champ la route de Memphis. Si vous ofez aller trouver la Reine, lui dit-il, vous hâtez fa mort ; fi vous parlez au Roi, vous la perdez encore. Je me charge de fa deftinée. Suivez la votre. Je répandrai le bruit que vous avez pris la route des Indes. Je viendrai bientôt vous trouver, & je vous apprendrai ce qui se sera passé à Babylone.

Cador, dans le moment même, fit placer deux dromadaires des plus légers à la course vers une porte sécrette du palais; il fit monter Zadig qu'il fallut porter, & qui étoit prêt de rendre l'ame. Un seul domestique l'accompagna; & bientôt Cador, plongé dans l'étonnement & dans la douleur, perdit son ami de vûë.

Cet illustre fugitif arrivé sur le bord d'une colline, dont on voyoit Babylone, tourna la vûë sur le palais de la Reine, & s'évanouit : il ne reprit ses sens que pour verser des larmes, & pour souhaiter la mort. Enfin, après s'être occupé de la destinée déplorable de la plus aimable des femmes & de la première Reine du monde, il fit un moment de retour sur lui-même, & s'écria: Qu'est-ce donc que la vie humaine ! ô Vertu, à quoi m'avez-vous servi ! Deux femmes m'ont indignement trompé; la troisiéme qui n'est point coupable, & qui est plus belle que les autres, va mourir ! Tout ce que j'ai fait de bien a toujours été pour moi une source de malédictions, & je n'ai été élevé au comble de la grandeur, que pour tomber dans le plus horrible précipice de l'infortune. Si j'eusse été méchant, comme tant d'autres, je serois heureux comme eux. Accablé de ces réfléxions funestes, les yeux chargés du voile de la douleur, la pâleur de la mort sur le visage, & l'ame abîmée dans l'excès d'un sombre desespoir, il continuoit son voyage vers l'Egypte.

CHA-

CHAPITRE VIII.

La Femme battuë.

Zadig dirigeoit sa route sur les étoiles. La constella-
tion d'Orion, & le brillant astre de Syrius le gui-
doient vers le Pôle de Canope. Il admiroit ces vastes globes de lumiere qui ne paraissent que de faibles étincelles
à nos yeux, tandis que la terre, qui n'est en effet qu'un
point imperceptible dans la Nature, paraît à notre cupi-
dité quelque chose de si grand, & de si noble. Il se fi-
guroit alors les hommes tels qu'ils sont en effet, des insec-
tes se dévorant les uns les autres sur un petit atôme de
boue. Cette image vraie sembloit anéantir ses malheurs
en lui retraçant le néant de son être & celui de Babylone.
Son ame s'élançoit jusques dans l'infini, & contemploit,
détachée de ses sens, l'ordre immuable de l'Univers. Mais
lorsqu' ensuite rendu à lui-même, & rentrant dans son
cœur, il pensoit qu'Astarté étoit peut-être morte pour lui,
l'Univers disparaissoit à ses yeux, & il ne voyoit dans la
Nature entiére qu' Astarté mourante & Zadig infortuné.
Comme il se livroit à ce flux & à ce reflux de philosophie
sublime & de douleur accablante, il avançoit vers les
frontieres de l'Egypte; & déja son domestique fidéle étoit
dans la premiére bourgade, où il lui cherchoit un loge-
ment. Zadig cependant se promenoit vers les jardins qui
bordoient ce village. Il vit non loin du grand chemin,
une femme éplorée qui appelloit le ciel & la terre à son
secours, & un homme furieux qui la suivoit. Elle étoit
déja atteinte par lui; elle embrassoit ses genoux. Cet
homme l'accabloit de coups & de reproches. Il jugea
à la violence de l'Egyptien, & aux pardons réitérés que
lui demandoit la dame, que l'un étoit un jaloux, & l'autre une infidéle; mais quand il eut consideré cette femme,

C 2

qui

qui étoit d'une beauté touchante, & qui même reffembloit un peu à la malheureufe Aftarté, il fe fentit pénétré de compaffion pour elle, & d'horreur pour l'Egyptien. Se-courez-moi, s'écria-t-elle à Zadig, avec des fanglots : tirez-moi des mains du plus barbare des hommes : fauvez-moi la vie. A ces cris, Zadig courut fe jetter entre elle & ce barbare. Il avoit quelque connaiffance de la langue E-gyptienne. Il lui dit en cette langue : Si vous avez quel-que humanité, je vous conjure de refpecter la beauté & la faibleffe. Pouvez-vous outrager ainfi un chef-d'œuvre de la Nature, qui eft à vos pieds, & qui n'a pour fa dé-fenfe que des larmes ? Ah ! ah ! lui dit cet emporté, tu l'aimes donc auffi, & c'eft de toi qu'il faut que je me vange. En difant ces paroles, il laiffe la dame qu'il tenoit d'une main par les cheveux, & prenant fa lance, il veut en per-cer l'étranger. Celui-ci qui étoit de fang froid, évita ai-fément le coup d'un furieux. Il fe faifit de la lance près du fer dont elle eft armée. L'un veut la retirer, l'autre l'arracher. Elle fe brife entre leurs mains. L'Egyptien tire fon épée : Zadig s'arme de la fienne. Ils s'attaquent l'un l'autre. Celui-ci porte cent coups précipités ; celui-là les pare avec adreffe. La dame affife fur un gazon, rajufte fa coëffure, & les regarde. L'Egyptien étoit plus robufte que fon adverfaire, Zadig étoit plus adroit. Celui-ci fe battoit en homme dont la tête conduifoit le bras, & celui-là comme un emporté, dont une colére aveugle gui-doit les mouvemens au hazard. Zadig paffe à lui, & le defarme ; & tandis que l'Egyptien devenu plus furieux, veut fe jetter fur lui, il le faifit, le preffe, le fait tomber en lui tenant l'épée fur la poitrine, il lui offre de lui don-ner la vie. L'Egyptien hors de lui, tire fon poignard ; il en bleffe Zadig dans le tems même que le vainqueur lui pardonnoit. Zadig indigné ; lui plonge fon épée dans le fein. L'Egyptien jette un cri horrible, & meurt en fe dé-battant. Zadig alors s'avança vers la dame, & lui dit

d'une

d'une voix foumife : il m'a forcé de le tuer. Je vous
ai vengée, vous êtes délivrée de l'homme le plus violent
que j'aye jamais vû. Que voulez-vous maintenant de
moi, Madame ? Que tu meures, fcélérat, lui répondit-
elle, que tu meures ; tu as tué mon amant ; je voudrois
pouvoir déchirer ton cœur. En vérité, Madame, vous
aviez-là un étrange homme pour amant, lui répondit
Zadig ; il vous battoit de toutes fes forces, & il vouloit
m'arracher la vie, parceque vous m'avez conjuré de vous
fecourir. Je voudrois qu'il me battît encore, reprit la
dame, en pouffant des cris. Je le méritois bien, je lui
avois donné de la jaloufie. Plût au Ciel qu'il me battît,
& que tu fuffes à fa place. Zadig plus furpris & plus en
colére qu'il ne l'avoit été de fa vie, lui dit : Madame,
toute belle que vous êtes, vous mériteriez que je vous bat-
tiffe à mon tour, tant vous êtes extravagante : mais je
n'en prendrai pas la peine. Là-deffus, il remonta fur
fon chameau, & avança vers le bourg. A peine avoit-il
fait quelques pas, qu'il fe retourne au bruit que faifoient
quatre courriers de Babylone. Ils venoient à toute bride.
L'un d'eux, en voyant cette femme, s'écria : C'eft elle-
même ; elle reffemble au portrait qu'on nous en a fait.
Ils ne s'embarrafférent pas du mort, & fe faifirent incon-
tinent de la dame. Elle ne ceffoit de crier à Zadig : Se-
courez-moi encore une fois, étranger généreux. Je vous
demande pardon de m'être plainte de vous. Secourez-
moi, & je fuis à vous jufqu'au tombeau. L'envie avoit
paffé à Zadig de fe battre déformais pour elle. A d'autres, répondit-il, vous ne m'y attraperez plus. D'ailleurs, il étoit bleffé ; fon fang couloit ; il avoit befoin
de fecours ; & la vûe des quatre Babyloniens probablement envoyés par le Roi Moabdar, le rempliffoit d'inquiétude. Ils s'avance en hâte vers le village, n'imaginant
pas pourquoi quatre courriers de Babylone venoient prendre cette Egyptienne, mais encore plus étonné du
caractére de cette dame.

CHA-

CHAPITRE IX.

L' Esclavage.

Comme il entroit dans la bourgade Egyptienne, il se vit entouré par le peuple. Chacun crioit : Voilà celui qui a enlevé la belle Missouf, & qui vient d'assassiner Clétofis. Messieurs, dit-il, Dieu me préserve d'enlever jamais votre belle Missouf : elle est trop capricieuse ; & à l'égard de Clétofis, je ne l'ai point assassiné ; je me suis défendu seulement contre lui. Il vouloit me tuer, parceque je lui avois demandé très-humblement grace pour la belle Missouf, qu'il battoit impitoyablement. Je suis un étranger, qui vient chercher un Azile dans l'Egypte ; & il n'y a pas d'apparence, qu'en venant demander votre protection, j'aye commencé par enlever une femme, & par assassiner un homme.

Les Egyptiens étoient alors justes & humains. Le peuple conduisit Zadig à la maison de ville. On commença par le faire panser de sa blessure, & ensuite on l'interrogea, lui & son domestique séparément, pour savoir la vérité. On reconnut que Zadig n'étoit point un assassin ; mais il étoit coupable du sang d'un homme ; la loi le condamnoit à être esclave. On vendit au profit de la bourgade, ses deux chameaux. On distribua aux habitans tout l'or qu'il avoit apporté ; sa personne fut exposée en vente dans la place publique, ainsi que celle de son compagnon de voyage. Un marchand Arabe, nommé Sétoc y mit l'enchere ; mais le valet plus propre à la fatigue, fut vendu bien plus chérement que le maître. On ne faisoit pas de comparaison entre ces deux hommes. Zadig fut donc esclave subordonné à son valet ; on les attacha ensemble avec une chaîne qu'on leur passa

paſſa aux pieds, & en cet état ils ſuivirent le marchand A-
rabe dans ſa maiſon. Zadig en chemin conſoloit ſon do-
meſtique, & l'exhortoit à la patience; mais ſelon ſa coutume, il faiſoit des réflexions ſur la vie humaine. Je
vois, lui diſoit-il, que les malheurs de ma deſtinée ſe ré-
pandent ſur la tienne. Tout m'a tourné juſqu'ici d'une
façon bien étrange. ✝ ~~J'ai été condamné à la mort dans~~
~~Babylone~~, parceque j'avois fait des vers à la louange du
Roi. J'ai été ſur le point d'être étranglé, parceque la
Reine m'a parlé avec bonté, & me voici eſclave avec toi,
parcequ'un brutal a battu ſa maîtreſſe. Allons, ne per-
dons point courage; tout ceci finira peut-être; il faut
bien que les marchands Arabes ayent des eſclaves; & pourquoi ne le ferois-je pas comme un autre, puiſque je ſuis
homme comme un autre ? Ce marchand ne ſera pas
impitoyable; il faut qu'il traite bien ſes eſclaves, s'il en
veut tirer des ſervices. Il parloit ainſi, & dans le fond
de ſon cœur, il étoit occupé du ſort de la Reine de Babylone.

Sétoc le Marchand, partit deux jours après pour
l'Arabie déſerte avec ſes eſclaves & ſes chameaux. Sa
tribu habitoit vers le déſert d'Oreb. Le chemin fut long
& pénible. Sétoc dans la route, faiſoit bien plus de cas
du valet que du maître, parceque le premier chargeoit
bien mieux les chameaux; & toutes les petites diſtinctions
furent pour lui. Un chameau mourut à deux journées
d'Oreb : on répartit ſa charge ſur le dos de chacun des
ſerviteurs; Zadig en eut ſa part. Sétoc ſe mit à rire en
voyant tous ſes eſclaves marcher courbés. Zadig prit la
liberté de lui en expliquer la raiſon, & lui apprit les loix
de l'équilibre. Le marchand étonné, commença à le
regarder d'un autre œil. Zadig voyant qu'il avoit excité
ſa curioſité, la redoubla, en lui apprenant beaucoup de
choſes qui n'étoient point étrangeres à ſon commerce ;
les peſanteurs ſpécifiques des métaux & des denrées, ſous

un volume égal; les propriétés de plusieurs animaux utiles; le moyen de rendre tels ceux qui ne l'étoient pas; enfin il lui parut un sage. Sétoc lui donna la préférence sur son camarade qu'il avoit tant estimé. Il le traita bien, & n'eut pas sujet de s'en repentir.

Arrivé dans sa tribu, Sétoc commença par redemander cinq cens onces d'argent à un Hébreu, auquel il les avoit prêtées en présence de deux témoins; mais ces deux témoins étoient morts, & l'Hébreu ne pouvant être convaincu, s'approprioit l'argent du marchand, en remerciant Dieu de ce qu'il lui avoit donné le moyen de tromper un Arabe. Sétoc confia sa peine à Zadig, qui étoit devenu son conseil. En quel endroit, demanda Zadig, prêtates-vous vos cinq cens onces à cet infidéle? sur une large pierre, répondit le marchand, qui est auprès du Mont Oreb. Quel est le caractére de votre débiteur, dit Zadig? celui d'un fripon, réprit Sétoc: mais je vous demande si c'est un homme vif ou flegmatique, avisé ou imprudent. C'est de tous les mauvais payeurs, dit Sétoc, le plus vif que je connaisse. Eh bien, insista Zadig, permettez que je plaide votre cause devant le Juge. En effet, il cita l'Hébreu au Tribunal, & il parla ainsi au Juge: Oreiller du Trône d'équité, je viens redemander à cet homme, au nom de mon maître, cinq cens onces d'argent qu'il ne veut pas rendre. Avez-vous des témoins, dit le Juge? Non, ils sont morts. Mais il reste une large pierre sur laquelle l'argent fut compté; & s'il plaît à Votre Grandeur d'ordonner qu'on aille chercher la pierre, j'espere qu'elle portera témoignage. Nous resterons ici l'Hébreu & moi, en attendant que la pierre vienne; je l'enverrai chercher aux dépens de Sétoc mon maître. Très-volontiers, répondit le Juge, & il se mit à expédier d'autres affaires.

A la

A la fin de l'audience ; eh bien, dit-il à Zadig, votre pierre n'eſt pas encore venuë ? L'Hébreu en riant
répondit : Votre Grandeur reſteroit ici juſqu'à demain,
que la pierre ne ſeroit pas encore arrivée. Elle eſt à plus
de ſix milles d'ici ; & il faudroit quinze hommes pour la
remuer. Eh bien, s'écria Zadig, je vous avois bien dit
que la pierre porteroit témoignage. Puiſque cet homme
fait où elle eſt, il avouë donc que c'eſt ſur elle que l'argent fut compté. L'Hébreu déconcerté, fut bientôt
contraint de tout avouer. Le Juge ordonna qu'il ſeroit
lié à la pierre, ſans boire ni manger, juſqu'à ce qu'il eut
rendu les cinq cens onces, qui furent bientôt payées.
L'eſclave Zadig & la pierre furent en grande recom-
mandation dans l'Arabie.

———————————

CHA-

CHAPITRE X.

Le Bucher..

Sétoc enchanté, fit de son esclave son ami intime. Il ne pouvoit pas plus se passer de lui, qu'avoit fait le Roi de Babylone ; & Zadig fut heureux que Sétoc n'eût point de femme. Il découvroit dans son maître un naturel porté au bien, beaucoup de droiture & de bon sens. Il fut fâché de voir qu'il adoroit l'Armée céleste, c'est-à-dire, le soleil, la lune & les étoiles, selon l'ancien usage d'Arabie. Il lui en parloit quelquefois avec beaucoup de discrétion. Enfin il lui dit que c'étoient des corps comme les autres, qui ne méritoient pas plus son hommage qu'un arbre, ou un rocher. Mais, disoit Sétoc, ce sont des êtres éternels dont nous tirons tous nos avantages : ils animent la Nature : ils réglent les saisons : ils sont d'ailleurs si loin de nous, qu'on ne peut pas s'empêcher de les révérer. Vous recevez plus d'avantages, répondit Zadig, des eaux de la Mer Rouge qui porte vos marchandises aux Indes. Pourquoi ne seroit-elle pas aussi ancienne que les étoiles ? Et si vous adorez ce qui est éloigné de vous, vous devez adorer la terre des Gangarides qui est aux extrémités du monde. Non, disoit Sétoc, les étoiles sont trop brillantes pour que je ne les adore pas.

Le soir venu, Zadig alluma un grand nombre de flambeaux dans la tente où il devoit souper avec Sétoc; & dès que son patron parut, il se jetta à genoux devant ces cires allumées, & leur dit : Eternelles & brillantes clartés, soyez-moi toujours propices. Ayant proféré ces paroles, il se mit à table, sans regarder Sétoc. Que faites-vous donc, lui dit Sétoc étonné ? Je fais comme vous,
répon-

répondit Zadig, j'adore ces chandelles, & je néglige
leur maître & le mien.

Sétoc comprit le sens profond de cet apologue. La
sagesse de son esclave entra dans son ame ; il ne prodigua
plus son encens aux créatures, & adora l'Etre éternel qui
les a faites.

Il y avoit alors dans l'Arabie une coutume affreuse
venuë originairement de Scythie, & qui s'étant établie
dans les Indes par le crédit des Bracmanes, menaçoit d'en-
vahir tout l'Orient. Lorsqu'un homme marié étoit mort,
& que sa femme bien-aimée vouloit être sainte, elle se
brûloit en public sur le corps de son mari. C'étoit une
fête solemnelle qui s'appelloit le Bucher du veuvage. La
tribu dans laquelle il y avoit eu le plus de femmes brû-
lées, étoit la plus considérée. Un Arabe de la tribu de
Sétoc étant mort, sa veuve, nommée Almona, qui étoit
fort dévote, fit savoir le jour & l'heure où elle se jette-
roit dans le bucher au son des tambours & des trompet-
tes. Zadig remontra à Sétoc, combien cette horrible
coutume étoit contraire au bien du genre humain ; qu'on
laissoit brûler tous les jours de jeunes veuves, qui pouvoient donner des enfans à l'Etat, ou du moins élever les
leurs ; & il le fit convenir qu'il falloit, si on pouvoit,
abolir un usage si barbare. Sétoc répondit : Il y a plus
de mille ans que les femmes sont en possession de se brûler. Qui de nous osera changer une loi que le tems a
consacrée ? Y a-t-il rien de plus respectable qu'un ancien abus ? La raison est plus ancienne, reprit Zadig.
Parlez aux Chefs des tribus, & je vais trouver la jeune veuve.

Il se fit présenter à elle ; & après s'être insinué dans
son esprit par des louanges sur sa beauté ; après lui avoir
dit, combien c'étoit dommage de mettre au feu tant de
charmes, il la loua encore sur sa constance, & sur son
courage. Vous aimiez donc prodigieusement votre mari,
lui

lui dit-il? Moi? point du tout, répondit la dame Arabe. C'étoit un brutal, un jaloux, un homme infuppor-
table; mais je fuis fermement réfoluë de me jetter fur
fon bucher. Il faut, dit Zadig, qu'il y ait apparemment
un plaifir bien délicieux à être brûlée vive. Ah! cela fait
frémir la Nature, dit la dame; mais il faut en paffer
par-là. Je fuis dévote; je ferois perduë de réputation;
& tout le monde fe moequeroit de moi, fi je ne me brû-
lois pas. Zadig l'ayant fait convenir qu'elle fe brûloit
pour les autres, & par vanité, lui parla long-tems d'une
maniere à lui faire aimer un peu la vie, & parvint même
à lui infpirer quelque bienveillance pour celui qui lui
parloit. Que feriez-vous enfin, lui dit-il, fi la vanité
de vous brûler ne vous tenoit pas? Hélas! dit la dame,
je crois que je vous prierois de m'époufer.

　　Zadig étoit trop rempli de l'idée d'Aftarté, pour ne
pas éluder cette déclaration; mais il alla dans l'inftant
trouver les Chefs des tribus, leur dit ce qui s'étoit paffé,
& leur confeilla de faire une loi, par laquelle il ne feroit
permis à une veuve de fe brûler, qu'après avoir entretenu
un jeune homme, tête à tête, pendant une heure entiere.
Depuis ce tems, aucune dame ne fe brûla en Arabie. On
eut au feul Zadig l'obligation d'avoir détruit en un jour
une coutume fi cruelle, qui duroit depuis tant de
fiécles. Il étoit donc le bienfaicteur
de l'Arabie.

CHA-

CHAPITRE XI.

Le Souper.

Sétoc, qui ne pouvoit se séparer de cet homme en qui habitoit la sagesse, le mena à la grande foire de Balzora, où devoient se rendre les plus grands négocians de la terre habitable. Ce fut pour Zadig une consolation sensible de voir tant d'hommes de diverses contrées réünis dans la même place. Il lui paraissoit que l'Univers étoit une grande famille qui se rassembloit à Balzora. Il se trouva à table dès le second jour, avec un Egyptien, un Indien Gangaride, un habitant du Cathay, un Grec, un Celte, & plusieurs autres étrangers, qui dans leurs fréquens voyages vers le Golfe Arabique avoient appris assez d'Arabe pour se faire entendre. L'Egyptien paraissoit fort en colére. Quel abominable païs que Balzora, disoit-il, on m'y refuse mille onces d'or sur le meilleur effet du monde ? Comment donc, dit Sétoc, sur quel effet vous a-t-on refusé cette somme? sur le corps de ma tante, répondit l'Egyptien, c'étoit la plus brave femme d'Egypte. Elle m'accompagnoit toujours, elle est morte en chemin ; j'en ai fait une des plus belles momies que nous ayons; & je trouverois dans mon païs tout ce que je voudrois en la mettant en gages. Il est bien étrange qu'on ne veuille pas seulement me donner ici mille onces d'or sur un effet si solide. Tout en se courrouçant, il étoit prêt de manger d'une excellente poule bouillie, quand l'Indien le prenant par la main s'écria avec douleur : ah qu'allez-vous faire ? Manger de cette poule, dit l'homme à la momie. Gardez-vous en bien, dit le Gangaride. Il se pourroit faire que l'ame de la défunte fut passée dans le corps de cette poule, & vous ne voudriez pas

vous

vous expofer à manger votre tante. Faire cuire des poules c'eſt outrager manifeſtement la nature. Que voulez-vous dire avec votre nature & vos poules ? réprit le colérique Egyptien, nous adorons un bœuf & nous en mangeons bien. Vous adorez un bœuf ? eſt-il poſſible ! dit l'homme du Gange. Il n'y a rien de ſi poſſible, répartit l'autre, il y a cent trente-cinq mille ans que nous en uſons ainſi ; & perſone parmi nous n'y trouve à redire. Ah ! cent trente-cinq mille ans, dit l'Indien, ce compte eſt un peu exagéré, il n'y en a que quatre-vingt mille que l'Inde eſt peuplée, & aſſurément nous ſommes vos anciens, & Brama nous avoit défendu de manger des bœufs avant que vous vous fuſſiez aviſée de les mettre ſur les autels & à la broche. Voilà un plaiſant animal que votre Brama pour le comparer à Apis, dit l'Egyptien ; qu'a donc fait votre Brama de ſi beau ? Le Bramin répondit ; c'eſt lui qui a appris aux hommes à lire & à écrire, & à qui toute la terre doit le jeu des échecs. Vous vous trompez, dit un Caldéen qui étoit auprès de lui, c'eſt *le poiſ-ſon Oannés* à qui on doit de ſi grands bienfaits ; & il eſt juſte de ne rendre qu'à lui ſes hommages. Tout le monde vous dira que c'étoit un être divin, qu'il avoit la queuë dorée, avec une belle tête d'homme, & qu'il ſortoit de l'eau pour venir prêcher à terre trois heures par jour. Il eut pluſieurs enfans qui furent Rois comme chacun ſait. J'ai ſon portrait chez moi, que je révére comme je le dois. On peut manger du bœuf tant qu'on veut ; mais c'eſt aſſurément une très-grande impiété de faire cuire du poiſſon ; d'ailleurs vous êtes tous deux d'une origine trop peu noble & trop récente pour me rien diſputer. La nation Egyptienne ne compte que cent trente-cinq mille ans, & les Indiens ne ſe vantent que de quatre-vingt mille, tandis que nous avons des almanacs de quatre mille ſiécles. Croyez-moi renoncez à vos folies, & je vous donnerai à chacun un beau portrait d'*Oannés.*

L'hom-

L'homme de Cambalu prenant la parole dit, je refpecte fort les Egyptiens, les Caldéens, les Grecs, les Celtes, Brama, le bœuf Apis, le beau poiffon *Oannés*, mais peut être que le *Li* * ou le *Tien* comme on voudra l'appeller, vaut bien les bœufs & les poiffons. Je ne dirai rien de mon païs, il eft auffi grand que la terre d'E-gypte, la Caldée & les Indes enfemble. Je ne difpute pas d'antiquité, parce qu'il fuffit d'être heureux, & que c'eft fort peu de chofe d'être ancien. Mais s'il falloit parler d'almanacs, je dirois que toute l'Afie prend les nô-tres, & que nous en avions de fort bons avant qu'on fut l'arithmétique en Caldée.

Vous êtes de grands ignorans tous tant que vous êtes, s'écria le Grec, eft-ce que vous ne favez pas que le cahos eft le pere de tout, & que la forme & la matie-re ont mis le monde dans l'état où il eft ? Ce Grec parla long-tems, mais il fut enfin interrompu par le Celte, qui ayant beaucoup bû pendant qu'on difputoit, fe crut alors plus favant que tous les autres, & dit en jurant qu'il n'y avoit que Teutath & le Gui de chêne qui valuffent *la* peine qu'on en parlât, que pour lui il avoit toujours du Gui dans fa poche, que les Scythes fes ancêtres étoient les feuls gens de bien qui euffent jamais été au monde; qu'ils avoient à la vérité quelquefois mangé des hommes, mais que cela n'empêchoit pas qu'on ne dût avoir beau-coup de refpect pour fa nation; & qu'enfin fi quelqu'un parloit mal de Teutath il lui apprendroit à vivre. La que-relle s'échauffa pour lors, & Sétoc vit le moment où la table alloit être enfanglantée. Zadig qui avoit gardé le filence pendant toute la difpute, fe leva enfin. Il s'adref-fa d'abord au Celte, comme au plus furieux, il lui dit qu'il avoit raifon, & lui demanda du Gui; il loua le Grec

fur

---

* Mots chinois qui fignifient proprement *Li*, la lumiere naturelle, la raifon, & *Tien* le Çiel, & qui fignifient auffi Dieu.

fur fon éloquence, & adoucit tous les efprits échauffés.
Il ne dit que très-peu de chofe à l'homme du Cathay,
parce qu'il avoit été le plus raifonnable de tous. Enfuite
il leur dit, mes amis : vous alliez vous quereller pour
rien, car vous êtes tous du même avis. A ce mot ils
fe récriérent tous. N'eft-il pas vrai, dit-il au Celte,
que vous n'adorez pas ce Gui, mais celui qui a fait le
Gui & le chêne. Affûrément, répondit le Celte. Et
vous Monfieur l'Egyptien, vous révérez apparemment
dans un certain bœuf celui qui vous a donné les bœufs?
Oui, dit l'Egyptien. Le poiffon Oannés, continua-t-il,
doit céder à celui qui a fait la mer & les poiffons. D'accord, dit le Caldéen. L'Indien, ajouta-t-il, & le Ca-
thayen reconnaiffent comme vous un premier principe;
je n'ai pas trop bien compris les chofes admirables que le
Grec a dites, mais je fuis fûr qu'il admet auffi un Etre fu-
périeur de qui la forme & la matiére dépendent. Le
Grec qu'on admiroit, dit que Zadig avoit très-bien pris
fa penfée. Vous êtes donc tous de même avis, repliqua
Zadig, & il n'y a pas là de quoi fe quereller. Tout le
monde l'embraffa. Sétoc après avoir vendu fort cher fes
denrées réconduifit fon ami Zadig dans fa tribu. Zadig
apprit en arrivant qu'on lui avoit fait fon procès en
fon abfence, & qu'il alloit être brûlé
à petit feu.

CHA-

CHAPITRE XII.

Les Rendez-vous.

Pendant son voyage à Balzora les prêtres des Etoiles avoient résolu de le punir. Les pierreries & les ornemens des jeunes veuves qu'ils envoyoient au bûcher leur appartenoient de droit, c'étoit bien le moins qu'ils fissent brûler Zadig pour le mauvais tour qu'il leur avoit joué. Ils accusèrent donc Zadig d'avoir des sentimens erronés sur l'armée céleste; ils déposèrent contre lui, & jurèrent qu'ils lui avoient entendu dire que les étoiles ne se couchoient pas dans la mer. Ce blasphême effroyable fit frémir les Juges; ils furent prêts de déchirer leurs vêtemens, quand ils ouïrent ces paroles impies, & ils l'auroient fait sans doute si Zadig avoit eu de quoi les payer. Mais dans l'excès de leur douleur ils se contentèrent de le condamner à être brûlé à petit feu. Sétoc désespéré employa en vain son crédit pour sauver son ami, il fut bien-tôt obligé de se taire. La jeune veuve Almona qui avoit pris beaucoup de goût à la vie, & qui en avoit l'obligation à Zadig, résolut de le tirer du bûcher, dont il lui avoit fait connaitre l'abus. Elle roula son dessein dans sa tête, sans en parler à personne. Zadig devoit être exécuté le lendemain, elle n'avoit que la nuit pour le sauver : voici comme elle s'y prit en femme charitable & prudente.

Elle se parfuma, elle releva sa beauté par l'ajustement le plus riche & le plus galant, & alla demander une audience secrette au chef des prêtres des Etoiles. Quand elle fut devant ce vieillard vénérable, elle lui parla en ces termes : Fils aîné de la grande ourse, frere du taureau, cousin du grand chien; (c'étoient les titres de ce pontife) je viens vous confier mes scrupules. J'ai bien peur d'avoir commis un péché énorme en ne me brûlant pas dans le bûcher

dé mon cher mari. En effet qu'avois-je à conserver ?
Une chair périssable, & qui est déja toute flétrie. En disant ces paroles elle tira, de ses longues manches de soye,
ses bras nuds d'une forme admirable & d'une blancheur
éblouïssante. Vous voyez, dit-elle, le peu que cela
vaut. Le pontife trouva dans son cœur que cela valoit
beaucoup. Ses yeux le dirent, & sa bouche le confirma;
il jura qu'il n'avoit vû de sa vie de si beaux bras. Hélas !
lui dit la veuve, les bras peuvent être un peu moins mal
que le reste; mais vous m'avouerez que la gorge n'étoit
pas digne de mes attentions. Alors elle laissa voir le sein
le plus charmant que la nature eut jamais formé. Un bou-
ton de rose sur une pomme d'yvoire n'eut paru auprès que
de la garence sur du buis, & les agneaux sortant du lavoir,
auroient semblé d'un jaune brun. Cette gorge, ses grands
yeux noirs qui languissoient en brillant doucement d'un
feu tendre, ses joües animées de la plus belle pourpre mé-
lée au blanc de lait le plus pur, son nez qui n'étoit pas
comme la tour du mont Liban, ses lévres qui étoient comme deux bordures de corail renfermant les plus belles per-
les de la mer d'Arabie, tout cela ensemble fit croire au
vieillard qu'il avoit vingt ans. Il fit en bégayant une déclaration tendre. Almona le voyant enflammé lui demanda la grace de Zadig. Hélas ! dit-il, ma belle dame, quand je vous accorderois sa grace, mon indulgence
ne serviroit de rien. Il faut qu'elle soit signée de trois
autres de mes confreres. Signez toujours, dit Almona.
Volontiers, dit le prêtre, à condition que vos faveurs seront le prix de ma facilité. Vous me faites trop d'honneur, dit Almona, ayez seulement pour agréable de venir
dans ma chambre après que le soleil sera couché, & dès
que la brillante étoile *Sheat* sera sur l'horison. Vous me
trouverez sur un sopha couleur de rose & argent, vous en
userez comme vous pourrez avec votre servante. Elle sortit alors emportant avec elle la signature, & laissa le vieillard

fard plein d'amour & de défiance de ses forces. Il employa le reste du jour à se baigner, il bût une liqueur composée de la canelle de Ceilan, & des précieuses épices de Tidor & de Ternaté, & attendit avec impatience que l'étoile Sheat vint à paraître.

Cependant la belle Almona alla trouver le second pontife. Celui-ci l'assûra que le soleil, la lune & tous les feux du Firmament n'étoient que des feux folets en comparaison de ses charmes. Elle lui demanda la même grace, & on lui proposa d'en donner le même prix. Elle se laissa vaincre, & donna rendez-vous au second pontife au lever de l'étoile Algenib. De-là elle passa chez le troisiéme & chez le quatriéme prêtre, prenant toujours une signature, & donnant un rendez-vous d'étoile en étoile.

Allors elle fit avertir les juges de venir chez elle pour une affaire importante. Ils s'y rendirent! elle leur montra les quatre noms, & leur dit à quel prix les prêtres avoient vendu la grace de Zadig; chacun d'eux arriva à l'heure préscrite. Chacun fut bien étonné d'y trouver ses confréres, & plus encore d'y trouver les juges devant qui leur honte fut manifestée. Zadig fut sauvé. Sétoc fut si charmé de l'habileté d'Almona qu'il en fit sa femme. Zadig partit après s'être jetté aux pieds de sa belle libératrice. Sétoc & lui se quittérent en pleurant & en se jurant une amitié éternelle, & en se promettant que le premier des deux qui feroit une grande fortune en feroit part à l'autre.

Zadig marcha du côté de la Syrie, toujours pensant à la malheureuse Astarté, & toujours réfléchissant sur le sort qui s'obstinoit à se jjouer de lui & à le persécuter. Quoi, disoit-il, quatre cens onces d'or pour avoir vû passer une chienne; condamné à être décapité pour quatre mauvais vers à la louange du Roi; prêt à être étranglé parceque la Reine m'a regardé; réduit en esclavage pour avoir secouru une femme qu'on battoit; & sur le point d'être brûlé pour avoir sauvé la vie à toutes les jeunes véuves Arabes?

CHA-

CHAPITRE XIII.

Le Brigand.

En arrivant aux frontiéres qui féparent l'Arabie Pétrée de la Syrie, comme il paffoit près d'un Château affez fort, des Arabes armés en fortirent. Il fe vit entouré, on lui crioit : tout ce que vous avez nous appartient, & votre perfonne appartient à notre maître. Zadig pour ré-ponfe tira fon épée ; fon valet qui avoit du courage en fit autant. Ils renverférent morts les premiers Arabes qui mirent la main fur eux ; le nombre redoubla, ils ne s'étonnérent point & réfolurent de périr en combattant. On voyoit deux hommes fe défendre contre une multitu-de, un tel combat ne pouvoit durer long-tems. Le maî-tre du château, nommé Arbogad, ayant vû d'une fenê-tre les prodiges de valeur que faifoit Zadig, conçut de l'e-ftime pour lui. Il defcendit en hâte & vint lui-même écarter fes gens, & délivrer les deux voyageurs. Tout ce qui paffe fur mes terres eft à moi, dit-il, auffi bien que ce que je trouve fur les terres des autres ; mais vous me paraiffez un fi brave homme, que je vous exempte de la loi commune. Il le fit entrer dans fon château, ordon-nant à fes gens de le bien traiter, & le foir Arbogad vou-lut fouper avec Zadig.

Le Seigneur du château étoit un de ces Arabes qu'on appelle voleurs ; mais il faifoit quelquefois de bonnes actions parmi une foule de mauvaifes ; il voloit avec une rapaci-té furieufe & donnoit libéralement. Intrépide dans l'a-ction, affez doux dans le commerce, débauché à table, guai dans la débauche, & furtout plein de franchife. Za-dig lui plût beaucoup, fa converfation qui s'anima fit durer le repas : enfin Arbogad lui dit : je vous confeille

de

de vous enrôler fous moi, vous ne fauriez mieux faire ;
ce métier-ci n'eft pas mauvais, vous pourrez un jour devenir ce que je fuis. Puis-je vous demander, dit Zadig,
depuis quel tems vous exercez cette noble profeffion ? Dès
ma plus tendre jeuneffe, reprit le Seigneur ; j'étois valet
d'un Arabe affez habile, ma fituation m'étoit infuppor-
table. J'étois au défefpoir de voir que dans toute la terre qui appartient également aux hommes , la deftinée ne
m'eut pas réfervé ma portion. Je confiai mes peines à
un vieil Arabe, qui me dit : mon fils, ne défefpérez pas ;
il y avoit autrefois un grain de fable qui fe lamentoit d'ê-
tre un atome ignoré dans les déferts. Au bout de quelques années il devint diamant ; & il eft à préfent le plus
bel ornement de la couronne du Roi des Indes. Ce difcours me fit impreffion, j'étois le grain de fable, je réfo-
lus de devenir diamant. Je commençai par voler deux
chevaux ; je m'affociai des camarades ; je me mis en état
de voler de petites caravanes ; ainfi je fis ceffer peu à peu
la difproportion qui étoit d'abord entre les hommes &
moi. J'eus ma part aux biens de ce monde, & je fus
même dédommagé avec ufure : on me confidera beaucoup ; je devins Seigneur brigand ; j'acquis ce château
par voye de fait. Le Satrape de Syrie voulut m'en dépof-
feder, mais j'étois déja trop riche pour avoir rien à craindre ; je donnai de l'argent au Satrape , moyennant quoi
je confervai ce château, & j'aggrandis mes domaines ; il
me nomma même tréforier des tributs que l'Arabie Pétrée
payoit au Roi des Rois. Je fis ma charge de receveur,
& point du tout celle de payeur.

Le grand Defterham de Babylone envoya ici au nom
du Roi Moabdar un petit Satrape pour me faire étrangler.
Cet homme arriva avec fon ordre : j'étois inftruit de tout.
Je fis étrangler en fa préfence les quatre perfonnes qu'il
avoit amenées avec lui pour ferrer le lacet ; après quoi je

lui

lui demandai ce que pouvoit lui valoir la commiſſion de
m'étrangler. Il me répondit que ſes honoraires pouvoient aller à trois cens piéces d'or. Je lui fis voir clair
qu'il y auroit plus à gagner avec moi. Je le fis ſous-bri-
gand, il eſt aujourd'hui un de mes meilleurs officiers, &
des plus riches. Si vous m'en croyez, vous réüſſirez comme lui. Jamais la ſaiſon de voler n'a été meilleure, depuis que Moabdar eſt tué, & que tout eſt en confuſion
dans Babylone. Moabdar eſt tué, dit Zadig, & qu'eſt
devenu la Reine Aſtarté? Je n'en ſais rien, reprit Arbogad. Tout ce que je ſai c'eſt que Moabdar eſt devenu
fou, qu'il a été tué, que Babylone eſt un grand coupe
gorge, que tout l'Empire eſt déſolé, qu'il y a de beaux
coups à faire encore, & que pour ma part j'en ai fait d'admirables. Mais la Reine? dit Zadig; de grace, ne ſa-
vez-vous rien de la deſtinée de la Reine? On m'a parlé
d'un Prince d'Hyrcanie, reprit-il, elle eſt probablement
parmi ſes concubines, ſi elle n'a pas été tuée dans le
tumulte, mais je ſuis plus curieux de butin que de nouvelles. J'ai pris pluſieurs femmes dans mes courſes, je
n'en garde aucune, je les vends cher quand elles ſont belles, ſans m'informer de ce qu'elles ſont. On n'achette
point le rang, une Reine qui ſeroit laide ne trouveroit
pas marchand; peut-être ai-je vendu la Reine Aſtarté,
peut-être eſt-elle morte; mais peu m'importe, & je
penſe que vous ne devez pas vous en ſoucier plus que moi.
En parlant ainſi il bûvoit avec tant de courage, il confon-
doit tellement toutes les idées, que Zadig n'en put tirer
aucun éclairciſſement. Il reſtoit interdit, accablé, immobile. Arbogad bûvoit toujours, faiſoit des contes,
répétoit ſans ceſſe qu'il étoit le plus heureux de tous les
hommes, exhortant Zadig à ſe rendre auſſi heureux que
lui. Enfin doucement aſſoupi par les fumées du vin, il
alla dormir d'un ſommeil tranquille. Zadig paſſa la nuit
dans l'agitation la plus violente. Quoi, diſoit-il, le Roi
eſt

eſt devenu fou ? Il eſt tué. Je ne peux m'empêcher de
le plaindre. L'Empire eſt déchiré, & ce brigand eſt
heureux. O fortune ! ô deſtinée ! Un voleur eſt heureux, & ce que la nature a fait de plus aimable a péri
peut-être d'une maniére affreuſe, ou vit dans un état
pire que la mort. O Aſtarté! qu'êtes-vous devenue?

Dès le point du jour il interrogea tous ceux qu'il
rencontroit dans le château ; mais tout le monde étoit
occupé, perſonne ne lui répondit; on avoit fait pendant
la nuit de nouvelles conquêtes, on partageoit les dépouil-
les. Tout ce qu'il put obtenir dans cette confuſion tu-
multueuſe, ce fut la permiſſion de partir. Il en profita
ſans tarder, plus abîmé que jamais dans ſes réfléxions
douloureuſes.

Zadig marchoit inquiet, agité. L'eſprit tout occupé de la malheureuſe Aſtarté, du Roi de Babylone, de
ſon fidéle Cador, de l'heureux brigand Arbogad, de cette
femme ſi capricieuſe que des Babyloniens avoient enlevée
ſur les confins de l'Egypte ; enfin de tous les contre-
tems & de toutes les infortunes qu'il avoit
éprouvées.

CHA-

CHAPITRE XIV.

Le Pêcheur.

A quelques lieuës du château d'Arbogad il se trouva sur le bord d'une petite riviére, toujours déplorant sa destinée & se regardant comme le modéle du malheur. Il vit un pêcheur couché sur la rive, tenant à peine d'une main languissante son filet, qu'il sembloit abandonner, & levant les yeux vers le ciel. Je suis certainement le plus malheureux de tous les hommes, disoit le Pêcheur. J'ai été de l'aveu de tout le monde le plus célébre marchand de fromages à la crême dans Babylone, & j'ai été ruïné. J'avois la plus jolie femme qu'homme de ma sorte put posséder, & j'en ai été trahi. Il me restoit une chétive maison, je l'ai vû pillée & détruite. Refugié dans une cabanne, je n'ai de ressource que ma pêche, & je ne prends pas un poisson. O mon filet! je ne te jetterai plus dans l'eau, c'est à moi de m'y jetter. En disant ces mots il se léve, & s'avance dans l'attitude d'un homme qui alloit se précipiter & finir sa vie. Eh quoi! se dit Zadig à lui-même, il y a donc des hommes aussi malheureux que moi? L'ardeur de sauver la vie au pêcheur fut aussi prompte que cette réfléxion. Il court à lui, il l'arrête, il l'interroge d'un air attendri & consolant. On prétend qu'on en est moins malheureux quand on ne l'est pas seul. Mais, selon Zoroastre, ce n'est pas par malignité, c'est par besoin. On se sent alors entraîné vers un infortuné comme vers son semblable. La joye d'un homme heureux seroit une insulte, mais deux malheureux sont comme deux arbrisseaux faibles qui s'appuyant l'un sur l'autre se fortifient contre l'orage. Pourquoi succombez-vous à vos malheurs, dit Zadig au pêcheur?

C'est

C'eſt, répondit-il, parceque je n'y vois pas de reſſource.
J'ai été le plus conſidéré du village Derlback auprès de
Babylone, & je faiſois avec l'aide de ma femme les meilleurs fromages à la crême de l'Empire Perſan. La Reine Aſtarté & le fameux Miniſtre Zadig les aimoient paſ-
ſionnément. J'avois fourni à leurs maiſons ſix cens fromages. J'allai un jour à la ville pour être payé, j'appris en
arrivant dans Babylone que la Reine & Zadig avoient diſparu.
Je courus chez le Seigneur Zadig que je n'avois jamais
vû ; je trouvai les archers du grand Deſterham qui munis
d'un papier Royal pilloient ſa maiſon loyalement & avec
ordre. Je volai aux cuiſines de la Reine ; quelques uns
des Seigneurs de la bouche me dirent qu'elle étoit morte ;
d'autres dirent qu'elle étoit en priſon, d'autres préten-
dirent qu'elle avoit pris la fuite ; mais tous m'aſſûré-
rent qu'on ne me payeroit point mes fromages. J'allai avec ma femme chez le Seigneur Orcan, qui étoit
une de mes pratiques : nous lui demandâmes ſa protection dans notre diſgrace. Il l'accorda à ma femme, &
me la refuſa. Elle étoit plus blanche que ſes fromages à
la crême qui commencérent mon malheur, & l'éclat de
la pourpre de Tyr n'étoit pas plus brillant que l'incarnat
qui animoit cette blancheur. C'eſt ce qui fit qu'Orcan
la retint & me chaſſa de ſa maiſon. J'écrivis à ma chere
femme la lettre d'un déſeſpéré. Elle dit au porteur :
Ah, ah, oui, je ſais quel eſt l'homme qui m'écrit, j'en
ai entendu parler. On dit qu'il fait des fromages à la
crême excellens ; qu'on m'en apporte, & qu'on les lui paye.

Dans mon malheur je voulus m'addreſſer à la Juſtice. Il me reſtoit ſix onces d'or : il fallut en donner
deux onces à l'homme de Loi que je conſultai, deux au
Procureur qui entreprit mon affaire, deux au Sécrétaire
du premier Juge. Quand tout cela fut fait, mon procès
n'étoit pas encore commencé, & j'avois déja dépenſé
plus d'argent que mes fromages & ma femme ne valoient.

D 5

Je

Je retournai à mon village , dans l'intention de vendre ma maifon pour avoir ma femme.

Ma maifon valoit bien foixante onces d'or. Mais comme on me voyoit pauvre & preffé de vendre, le premier à qui je m'addreffai m'en offrit trente onces, le fécond vingt, & le troifiéme dix. J'étois prêt enfin de conclure tant j'étois aveuglé , lorfqu'un Prince d'Hyrcanie vint à Babylone & ravagea tout fur fon paffage. Ma maifon fut d'abord faccagée & enfuite brûlée.

Ayant ainfi perdu mon argent , ma femme & ma maifon; je me fuis retiré dans ce païs où vous me voyez. J'ai tâché de fubfifter du métier de pêcheur : les poiffons fe mocquent de moi comme les hommes. Je ne prends rien, je meurs de faim, & fans vous, augufte confolateur, j'allois mourir dans la riviére.

Le pêcheur ne fit point ce récit tout de fuite; car à tout moment Zadig ému & tranfporté lui difoit; Quoi vous ne favez rien de la deftinée de la Reine ? Non, Seigneur, répondoit le pêcheur; mais je fais que la Reine & Zadig ne m'ont point payé mes fromages à la crême, qu'on a pris ma femme & que je fuis au défefpoir. Je me flatte, dit Zadig, que vous ne perdrez pas tout votre argent. J'ai entendu parler de ce Zadig, il eft honnête homme, & s'il retourne à Babylone, comme il l'efpere, il vous donnera plus qu'il ne vous doit. Mais pour votre femme, qui n'eft pas fi honnête, je vous confeille de ne pas chercher à la reprendre. Croyez-moi, allez à Babylone. J'y ferai avant vous, parceque je fuis à cheval & que vous êtes à pied. Addreffez-vous à l'illuftre Cador ; dites-lui que vous avez rencontré fon ami. Attendez-moi chez lui : allez, peut-être ne ferez-vous pas toujours malheureux.

O puif-

O puiſſant Oroſmade , continua-t-il , vous vous
ſervez de moi pour conſoler cet homme; de qui vous ſer-
virez-vous pour me conſoler ? En parlant ainſi il donnoit au pêcheur la moitié de tout l'argent qu'il avoit apporté d'Arabie ; & le pêcheur confondu & ravi, baiſoit
les pieds de l'ami de Cador, & diſoit, vous êtes un Ange
ſauveur.

Cependant Zadig demandoit toujours des nouvelles
& verſoit des larmes. Quoi, Seigneur, s'écria le pêcheur , vous ſeriez donc auſſi malheureux, vous qui me
faites du bien ? Plus malheureux que toi cent fois, répondoit Zadig. Mais comment ſe peut-il faire, diſoit
le bon homme, que celui qui donne ſoit plus à plaindre
que celui qui reçoit ? C'eſt que ton plus grand malheur
étoit le beſoin, & que je ſuis infortuné par le cœur. Orcan vous auroit-il pris votre femme ? dit le pêcheur. Ce
mot rappella dans l'eſprit de Zadig toutes ſes avantures; il
répétoit la liſte de ſes infortunes, à commencer depuis la
chienne de la Reine juſqu'à ſon arrivée chez le brigand
Arbogad Ah ! dit-il au pêcheur, Orcan mérite d'être
puni. Mais d'ordinaire ce ſont ces gens-là qui ſont les
favoris de la deſtinée. Quoiqu'il en ſoit, va chez le
Seigneur Cador, & attends-moi. Ils ſe ſéparérent, le
pêcheur marcha en remerciant ſon deſtin, & Zadig courut en accuſant toujours
le ſien.

CHA-

CHAPITRE XV.

Le Basilic.

Arrivé dans une belle prairie, il y vit plusieurs femmes, qui cherchoient quelque chose avec beaucoup d'application. Il prit la liberté de s'approcher de l'une d'elles, & de lui demander s'il pouvoit avoir l'honneur de les aider dans leurs recherches. Gardez-vous-en bien, répondit la Syrienne, ce que nous cherchons ne peut être touché que par des femmes. Voilà qui est bien étrange, dit Zadig, oserai-je vous prier de m'apprendre ce que c'est qu'il n'est permis qu'aux femmes de toucher. C'est un Basilic, dit-elle. Un Basilic, Madame ? Eh pour quelle raison, s'il vous plaît, cherchez-vous un Basilic ? C'est pour notre Seigneur & Maître Ogul, dont vous voyez le château sur bord de cette riviére, au bout de la prairie. Nous sommes ses très-humbles esclaves ; le Seigneur Ogul est malade, son Médecin lui a ordonné de manger un Basilic cuit dans l'eau rose, & comme c'est un animal fort rare qui ne se laisse jamais prendre que par des femmes, le Seigneur Ogul a promis de choisir pour sa femme bien-aimée celle de nous qui lui apporteroit un Basilic. Laissez-moi chercher, s'il vous plaît, car vous voyez ce qu'il m'en couteroit, si j'étois prévenuë par mes compagnes.

Zadig laissa cette Syrienne & les autres chercher leur Basilic, & continua de marcher dans la prairie. Quand il fut au bord d'un petit ruisseau, il y trouva une autre dame couchée sur le gazon, & qui ne cherchoit rien. Sa taille paraissoit majestueuse, mais son visage étoit couvert d'un voile. Elle étoit panchée vers le
ruisseau,

ruiſſeau , de profonds ſoupirs ſortoient de ſa bouche.
Elle tenoit en main une petite baguette avec laquelle elle
traçoit des caractéres ſur un ſable fin qui ſe trouvoit entre le gazon & le ruiſſeau. Zadig eut la curioſité de
voir ce que cette femme écrivoit ; il s'approcha, il vit la
lettre Z, puis un A, il fut étonné : puis parut un D, il
treſſaillit. Jamais ſurpriſe ne fut égale à la ſienne,
quand il vit les deux dernieres lettres de ſon nom. Il
demeura quelque tems immobile ; enfin rompant le ſilence d'une voix entrecoupée ; O généreuſe Dame !
pardonnez à un étranger, à un infortuné, d'oſer vous
demander par quelle avanture étonnante je trouve ici le
nom de Zadig tracé de votre main divine. A cette voix,
à ces paroles, la Dame releva ſon voile d'une main tremblante, regarda Zadig, jetta un cri d'attendriſſement, de
ſurpriſe & de joye, & ſuccombant ſous tous les mouvemens divers qui aſſailloient à la fois ſon ame, elle tomba
évanouïe entre ſes bras. C'étoit Aſtarté elle-même, c'é-
toit la Reine de Babylone, c'étoit celle que Zadig adoroit, & qu'il ſe reprochoit d'adorer ; c'étoit celle dont il
avoit tant pleuré, & tant craint la deſtinée. Il fut un
moment privé de l'uſage de ſes ſens, quand il eut attaché
ſes regards ſur les yeux d'Aſtarté, qui ſe rouvroient avec
une langueur mêlée de confuſion & de tendreſſe. O puiſ-
ſances immortelles ! s'écria-t-il, qui préſidez aux deſtins des
faibles humains, me rendez-vous Aſtarté, en quels tems, en
quel lieux, en quel état la revois-je ? Il ſe jetta à genoux devant Aſtarté, & il attacha ſon front à la pouſſiere de ſes
pieds. La Reine de Babylone le releve & le fait aſſeoir
auprès d'elle ſur le bord de ce ruiſſeau ; elle eſſuyoit à
pluſieurs repriſes ſes yeux, dont les larmes recommen-
çoient toujours à couler. Elle reprenoit vingt fois des
diſcours que ſes gémiſſemens interrompoient ; elle l'in-
terrogeoit ſur le hazard qui les raſſembloit, & prévenoit
ſoudain ſes réponſes par d'autres queſtions. Elle enta-
moit

moit le récit de ses malheurs, & vouloit savoir ceux de Zadig. Enfin tous deux ayant un peu appaisé le tumulte de leurs ames, Zadig lui conta en peu de mots par quelle avanture il se trouvoit dans cette prairie. Mais, ô malheureuse & respectable Reine, comment vous retrouvai-je en ce lieu écarté, vêtue en esclave, & accompagnée d'autres femmes esclaves qui cherchent un Basilic pour le faire cuire dans de l'eau rose par ordre du Médecin?

Pendant qu'elles cherchent leur Basilic, dit la belle Astarté, je vais vous apprendre tout ce que j'ai souffert, & tout ce que je pardonne au ciel depuis que je vous revois.

Vous savez que le Roi mon mari trouva mauvais que vous fussiez le plus aimable de tous les hommes, & ce fut pour cette raison qu'il prit une nuit la résolution de vous faire étrangler, & de m'empoisonner. Vous savez comme le ciel permit que mon petit muet m'avertit de l'ordre de sa sublime majesté.

A peine le fidéle Cador vous eut-il forcé de m'obéir & de partir, qu'il osa entrer chez moi au milieu de la nuit par une issuë secrette. Il m'enleva & me conduisit dans le temple d'Orosmade, où le Mage son frere m'enferma dans cette statue colossale dont la base touche aux fondemens du temple, & dont la tête atteint la voute. Je fus là comme ensevelie, mais servie par le Mage, & ne manquant d'aucune chose nécessaire. Cependant au point du jour l'Apoticaire de sa Majesté entra dans ma chambre avec une potion mêlée de jusquiame, d'opium, de ciguë, d'hellebore noire & d'aconit; & un autre Officier alla chez vous avec un lacet de soye. On ne trouva personne. Cador pour mieux tromper le Roi feignit de venir nous accuser tous deux. Il dit, que vous aviez pris la route des Indes, & moi celle de Memphis: on envoya des Satellites après vous & après moi.

Les

Les courriers qui me cherchoient ne me connaiſ-
ſoient pas. Je n'avois preſque jamais montré mon viſage qu'à vous ſeul, en préſence & par ordre de mon é-
poux. Ils coururent à ma pourſuite, ſur le portrait
qu'on leur faiſoit de ma perſonne : une femme de la
même taille que moi, & qui peut-être avoit plus de charmes, s'offrit à leurs regards ſur les frontiéres de l'Egypte.
Elle étoit éplorée, errante. Ils ne doutérent pas que
cette femme ne fût la Reine de Babylone ; ils la ménérent
à Moabdar. Leur mépriſe fit entrer d'abord le Roi dans
une violente colére : mais bien-tôt ayant conſidéré de
plus près cette femme, il la trouva très-belle, & fut con-
ſolé. On l'appelloit Miſſouf. On m'a dit depuis que
ce nom ſignifie en langue Egyptienne la belle Capricieuſe. Elle l'étoit en effet ; mais elle avoit autant d'art
que de caprice. Elle plut à Moabdar. Elle le ſubjugua
au point de ſe faire déclarer ſa femme. Alors ſon caractére ſe développa tout entier ; elle ſe livra ſans crainte à toutes les folies de ſon imagination. Elle voulut
obliger le Chef des Mages, qui étoit vieux & gouteux,
de danſer devant elle ; & ſur le refus du Mage, elle le
perſécuta violemment. Elle ordonna à ſon Grand-Ecu-
yer de lui faire une tourte de confitures. Le Grand-
Ecuyer eut beau lui repréſenter qu'il n'étoit point Patiſ-
ſier, il fallut qu'il fit la tourte ; & on le chaſſa, parcequ'elle étoit trop brûlée. Elle donna la charge de Grand-
Ecuyer à ſon Nain, & la place de Chancelier à un Page.
C'eſt ainſi qu'elle gouverna Babylone. Tout le monde
me regrettoit. Le Roi, qui avoit été aſſez honnête-
homme juſqu'au moment où il avoit voulu m'empoiſonner, & vous faire étrangler, ſembloit avoir noyé ſes vertus dans l'amour prodigieux qu'il avoit pour la belle Capricieuſe. Il vint au Temple le grand jour du Feu ſacré.
Je le vis implorer les Dieux pour Miſſouf aux pieds de la
Statuë où j'étois renfermée. J'élevai la voix ; je lui criai :

Les

Les Dieux refusent les vœux d'un Roi devenu tiran, qui a voulu faire mourir une femme raisonnable, pour épouser une extravagante. Moabdar fut confondu de ces paroles, au point que sa tête se troubla. L'Oracle que j'avois rendu, & la tirannie de Missouf suffisoient pour lui faire perdre le jugement. Il devint fou en peu de jours.

Sa folie qui parut un châtiment du Ciel, fut le signal de la révolte. On se souleva, on courut aux armes. Babylone si long-tems plongée dans une mollesse oisive, devint le théatre d'une guerre civile affreuse. On me tira du creux de ma Statuë, & on me mit à la tête d'un parti. Cador courut à Memphis, pour vous ramener à Babylone. Le Prince d'Hircanie apprenant ces funestes nouvelles, revint avec son armée faire un troisiéme parti dans la Caldée. Il attaqua le Roi qui courut au-devant de lui, avec son extravagante Egyptienne. Moabdar mourut percé de coups. Missouf tomba aux mains du vainqueur. Mon malheur voulut que je fusse prise moi-même par un Parti Hircanien, & qu'on me ménât devant le Prince, précisément dans le tems qu'on lui amenoit Missouf. Vous serez flatté, sans doute, en apprenant que le Prince me trouva plus belle que l'Egyptienne; mais vous serez fâché d'apprendre qu'il me destina à son Sérail. Il me dit fort résolument, que dès qu'il auroit fini une expédition militaire qu'il alloit éxécuter, il viendroit à moi. Jugez de ma douleur. Mes liens avec Moabdar étoient rompus, je pouvois être à Zadig, & je tombois dans les chaînes d'un Barbare. Je lui répondis avec toute la fierté que me donnoient mon rang & mes sentimens. J'avois toujours entendu dire que le Ciel attachoit aux personnes de ma sorte, un caractére de grandeur, qui, d'un mot & d'un coup d'œil, faisoit rentrer dans l'abaissement du plus profond respect les témérai-res qui osoient s'en écarter. Je parlai en Reine; mais je fus traitée en Demoiselle-suivante. L'Hircanien, sans

daigner

daigner feulement m'adreffer la parole, dit à fon Eunuque noir, que j'étois une impertinente; mais qu'il me trouvoit jolie. Il lui ordonna d'avoir foin de moi, & de me mettre au régime des Favorites, afin de me rafraichir le teint, & de me rendre plus digne de fes faveurs, pour le jour où il auroit la commodité de m'en honorer. Je lui dis que je me tuerois : il répliqua en riant, qu'on ne fe tuoit point, qu'il étoit fait à ces façons-là ; & me quitta comme un homme qui vient de mettre un Perroquet dans fa ménagerie. Quel état pour la premiére Reine de l'Univers, & je dirai plus, pour un cœur qui étoit à Zadig!

A ces paroles il fe jetta à fes genoux, & les baigna de larmes. Aftarté le releva tendrement, & elle continua ainfi. Je me voyois au pouvoir d'un Barbare, & rivale d'une folle avec qui j'étois renfermée. Elle me raconta fon avanture d'Egypte. Je jugeai par les traits dont elle vous peignoit, par le tems, par le dromadaire, fur lequel vous étiez monté, par toutes les circonftances, que c'étoit Zadig qui avoit combattu pour elle. Je ne doutai pas que vous ne fuffiez à Memphis ; je pris la réfolution de m'y retirer. Belle Miffouf, lui dis-je, vous êtes beaucoup plus plaifante que moi, vous divertirez bien mieux que moi, le Prince d'Hircanie. Facilitez-moi les moyens de me fauver, vous régnerez feule, vous me rendrez heureufe, en vous débaraffant d'une rivale. Miffouf concerta avec moi les moyens de ma fuite. Je partis donc fecrettement avec une efclave Egyptienne.

J'étois déja près de l'Arabie, lorfqu'un fameux voleur, nommé Arbogad, m'enleva, & me vendit à des Marchands qui m'ont amenée dans ce Château, où demeure le Seigneur Ogul. Il m'a achetée fans favoir qui j'étois. C'eft un homme voluptueux, qui ne cherche qu'à faire grand'chere, & qui croit que Dieu l'a mis au monde pour tenir table. Il eft d'un embonpoint exceffif,

qui

qui eft toujours prêt à le fuffoquer.   Son Médecin qui
n'a que peu de crédit auprès de lui, quand il digére bien,
le gouverne defpotiquement, quand il a trop mangé.   Il
lui a perfuadé qu'il le guériroit avec un Bafilic cuit dans
de l'eau rofe.   Le Seigneur Ogul a promis fa main à celle de fes efclaves, qui lui apporteroit un Bafilic. Vous
voyez que je les laiffe s'empreffer à mériter cet honneur,
& je n'ai jamais eu moins d'envie de trouver ce Bafilic,
que depuis que le Ciel a permis que je vous reviffe.

    Alors Aftarté & Zadig fe dirent tout ce que des fen-
timens long-tems retenus, tout ce que leurs malheurs &
leurs amours pouvoient infpirer aux cœurs les plus nobles
& les plus paffionnés ; & les génies qui préfident à l'a-
mour, portérent leurs paroles jufqu'à la fphére de Venus.

    Les femmes rentrérent chez Ogul, fans avoir rien
trouvé.   Zadig fe fit préfenter à lui, & lui parla en ces
termes : Que la fanté immortelle defcende du Ciel pour
avoir foin de tous vos jours! Je fuis Médecin, j'ai accou-
ru vers vous fur le bruit de votre maladie, & je vous ai
apporté un Bafilic cuit dans de l'eau-rofe.   Ce n'eft pas
que je prétende vous époufer. Je ne vous demande que
la liberté d'une jeune efclave de Babylone, que vous avez
depuis quelques jours ; & je confens de refter en efclavage
à fa place, fi je n'ai pas le bonheur de guérir le magnifique Seigneur Ogul.

    La propofition fut acceptée. Aftarté partit pour
Babylone avec le domeftique de Zadig, en lui promettant
de lui envoyer inceffamment un courier, pour l'inftruire de tout ce qui fe feroit paffé.   Leurs adieux furent
auffi tendres que l'avoit été leur reconnaiffance. Le moment où l'on fe retrouve, & celui où l'on fe fepare, font
les deux plus grandes époques de la vie, comme dit le
grand Livre du Zend. Zadig aimoit la Reine autant qu'il
le juroit, & la Reine aimoit Zadig plus qu'elle ne lui
difoit.

Cepen-

Cependant Zadig parla ainfi à Ogul : Seigneur, on ne mange point mon Bafilic , toute fa vertu doit entrer chez vous par les pores. Je l'ai mis dans un petit outre, bien enflé & couvert d'une peau fine : il faut que vous poufliez cet outre de toute votre force, & que je vous le renvoye à plufieurs reprifes ; & en peu de jours de régime vous verrez ce que peut mon art. Ogul dès le premier jour fut tout effouflé, & crut qu'il mourroit de fatigue. Le fecond il fut moins fatigué, & dormit mieux. En huit jours il recouvra toute la force, la fanté, la légéreté & la gayeté de fes plus brillantes années. Vous avez joué au ballon, & vous avez été fobre, lui dit Zadig : apprenez qu'il n'y a point de Bafilic dans la Nature, qu'on fe porte toujours bien avec de la fobriété & de l'exercice, & que l'art de faire fubfifter enfemble l'intempérance & la fanté, eft un art auffi chimérique que la Pierre Philofophale, l'Aftrologie judiciaire, & ~~tout d'autres~~ *la Théologie des Mages.*

Le premier Médecin d'Ogul fentant combien cet homme étoit dangereux pour la Médecine, fit une caballe avec les efclaves pour le faire périr ; mais pendant qu'on préparoit la perte de Zadig, il reçut un courier de la Reine Aftarté.

E 2   CHA.

CHAPITRE XVI,

Les Combats.

La Reine avoit été reçûë à Babylone avec les tranſports qu'on a toujours pour une belle femme, qui a été malheureuſe. Babylone alors paraiſſoit être plus tranquille. Le Prince d'Hircanie avoit été tué dans un combat. Les Babyloniëns vainqueurs declarérent qu'Aſtarté épouſeroit celui qu'on choiſiroit pour Souverain. On ne voulut point que la première place du monde qui ſeroit celle de mari d'Aſtarté , & de Roi de Babylone, dépendit des intrigues & des cabales. On jura de reconnaître pour Roi le plus vaillant & le plus ſage. Une grande Lice bordée d'Amphithéatres magnifiquement ornés, fut formée à quelques lieuës de la ville. Les combattans devoient s'y rendre armés de toutes piéces. Chacun d'eux avoit derriére les Amphithéatres un apartement ſéparé, où il ne devoit être vû ni connu de perſonne. Il falloit courir quatre lances. Ceux qui ſeroient aſſez heureux pour vaincre quatre Chevaliers, devoient combattre enſuite les uns contre les autres ; de façon que celui qui reſteroit le dernier maître du champ, ſeroit proclamé le vainqueur des Jeux.

Il devoit revenir quatre jours après, avec les mêmes armes , & expliquer les énigmes propoſés par les Mages. S'il n'expliquoit point les énigmes, il n'étoit point Roi ; & il falloit recommencer à courir des lances, juſqu'à ce qu'on trouvât un homme qui fût vainqueur dans ces deux combats. Caron vouloit abſolument pour Roi le plus vaillant & le plus ſage. La Reine pendant tout ce tems devoit être étroitement gardée : on lui permettoit ſeulement d'aſſiſter aux Jeux, couverte d'un voile ; mais on

ne

ne fouffroit pas qu'elle parlât à aucun des prétendans, afin qu'il n'y eût ni faveur ni injuftice.

Voilà ce qu'Aftarté faifoit favoir à fon amant, efpérant qu'il montreroit pour elle plus de valeur & d'efprit que perfonne. Il partit & pria Venus de fortifier fon courage, & d'éclairer fon efprit.

Il arriva fur le rivage de l'Euphrate, la veille de ce grand jour. Il fit infcrire fa devife parmi celles des combattans, en cachant fon vifage & fon nom, comme la loi l'ordonnoit ; & alla fe repofer dans l'apartement qui lui échut par le fort. Son ami Cador qui étoit revenu à Babylone, après l'avoir inutilement cherché en Egypte, fit porter dans fa Loge une Armure complette, que la Reine lui envoyoit. Il lui fit améner auffi de fa part le plus beau cheval de Perfe. Zadig reconnut Aftarté à ces préfens : fon courage & fon amour en prirent de nouvelles forces & de nouvelles efpérances.

Le lendemain la Reine étant venuë fe placer fous un Dais de pierreries, & les Amphithéatres étant remplis de toutes les Dames & de tous les Ordres de Babylone, les Combattans parurent dans le Cirque. Chacun d'eux vint mettre fa devife aux pieds du grand Mage. On tira au fort les devifes ; celle de Zadig fut la derniére. Le premier qui s'avança, étoit un Seigneur très-riche, nommé Itobad, fort vain, peu courageux, très-mal-adroit & fans efprit. Ses domeftiques l'avoient perfuadé, qu'un homme comme lui devoit être Roi ; il leur avoit répondu : Un homme comme moi doit régner ; ainfi on l'avoit armé de pied en cap. Il portoit une Armure d'or, émaillée de verd, un pannache verd, une lance ornée de rubans verds. On s'apperçut d'abord à la maniére dont Itobad gouvernoit fon cheval, que ce n'étoit pas un homme comme lui à qui le Ciel réfervoit le Sceptre de Babylone. Le premier Cavalier qui courut contre lui, le défarçonna. Le fecond le renverfa fur la croupe de fon

E 3 cheval,

cheval, les deux jambes en l'air, & les bras étendus.
Itobad se remit, mais de si mauvaise grace, que tout
l'Amphithéatre se mit à rire. Un troisiéme ne daigna pas
se servir de sa lance ; mais en lui faisant une passe, il le
prit par la jambe droite ; & lui faisant faire un demi-tour,
il le fit tomber sur le sable. Les Ecuyers des Jeux accou-
rent à lui en riant, le remirent en selle. Le quatriéme
combattant le prend par la jambe droite, & le fait tomber de l'autre côté. On le conduisit avec des huées à sa
Loge, où il devoit passer la nuit, selon la loi ; & il disoit en marchant à peine : Quelle avanture pour un homme comme moi !

Les autres Chevaliers s'acquittérent mieux de leur
devoir. Il y en eut qui vainquirent deux combattans de
suite ; quelques-uns allérent jusqu'à trois. Il n'y eut que
le Prince Otame qui en vainquit quatre. Enfin Zadig
combattit à son tour : il désarçonna quatre Cavaliers de
suite avec toute la grace possible. Il fallut donc voir qui
seroit vainqueur d'Otame ou de Zadig. Le premier portoit des armes bleuës & or, avec un pannache de même.
Celles de Zadig étoient blanches. Tous les vœux se par-
tageoient entre le Cavalier bleu & le Cavalier blanc. La
Reine à qui le cœur palpitoit, faisoit des priéres au Ciel
pour la couleur blanche.

Les deux champions firent des passes & des voltes
avec tant d'agilité, ils se donnérent de si beaux coups de
lances, ils étoient si fermes sur leurs arçons, que tout le
monde, hors la Reine, souhaitoit qu'il y eût deux Rois
dans Babylone. Enfin leurs chevaux étant lassés, & leurs
lances rompuës, Zadig usa de cette addresse. Il passe
derriére le Prince bleu, s'élance sur la croupe de son
cheval, le prend par le milieu du corps, le jette à terre,
se met en selle à sa place, & caracole autour d'Otame
étendu sur la place. Tout l'Amphithéatre crie, Victoire
au Cavalier blanc. Otame indigné se reléve, tire son épée,
Zadig

Zadig faute de cheval le fabre à la main. Les voilà tous deux fur l'aréne, livrant un nouveau combat, où la for- ce & l'agilité triomphent tour à tour. Les plumes de leur cafque, les cloux de leurs braffards, les mailles de leur armure fautent au loin fous mille coups précipités. Ils frappent de pointe & de taille, à droite, à gauche, fur la tête, fur la poitrine ; ils reculent, ils avancent, ils fe mefurent, ils fe rejoignent, ils fe faififfent, ils fe replient comme des ferpens, ils s'attaquent comme des lions ; le feu jaillit à tout moment des coups qu'ils fe portent. En- fin Zadig ayant un moment repris fes efprits, s'arrête, fait une feinte-paffe fur Otame, le fait tomber, le défar- me; & Otame s'écrie : O Chevalier blanc ! c'eft vous qui devez régner fur Babylone. La Reine étoit au com- ble de la joye. On reconduifit le Chevalier bleu & le Chevalier blanc chacun à leur Loge, ainfi que tous les au- tres, felon ce qui étoit porté par la loi. Des muets vin- rent les fervir, & leur apporter à manger. On peut juger fi le petit muet de la Reine ne fut pas celui qui fervit Zadig. Enfuite on les laiffa dormir feuls jufqu'au lendemain ma- tin, tems où le vainqueur devoit apporter fa devife au grand Mage, pour la confronter & fe faire reconnaître.

Zadig dormit quoiqu'amoureux, tant il étoit fatigué. Itobad qui étoit couché auprès de lui, ne dormit point. Il fe leva pendant la nuit, entra dans fa Loge, prit les ar- mes blanches de Zadig avec fa devife, & mit fon armure verte à la place. Le point du jour étant venu, il alla fié- rement au grand Mage déclarer, qu'un homme comme lui étoit vainqueur. On ne s'y attendoit pas ; mais il fut proclamé, pendant que Zadig dormoit encore. Aftarté furprife, & le défefpoir dans le cœur, s'en retourna dans Babylone. Tout l'Amphithéatre étoit déja prefque vuide, lorfque Zadig s'éveilla; il chercha fes armes; & ne trou- va que cette armure verte. Il étoit obligé de s'en couvrir, n'ayant rien autre chofe auprès de lui. Etonné & in-

digné

digné il les endoſſe avec fureur, il avance dans cet équip-
page.

Tout ce qui étoit encore ſur l'Amphithéatre & dans
le Cirque, le reçut avec des huées. On l'entouroit, on
lui inſultoit en face. Jamais homme n'eſſuya des mor-
tifications ſi humiliantes. La patience lui échappa, il écar-
ta à coups de ſabre la populace qui oſoit l'outrager;
mais il ne ſavoit quel parti prendre. Il ne pouvoit voir
la Reine, il ne pouvoit réclamer l'armure blanche qu'elle
lui avoit envoyée, c'eût été la compromettre : ainſi tandis qu'elle étoit plongée dans la douleur, il étoit pénétré
de fureur & d'inquiétude. Il ſe promenoit ſur les bords
de l'Euphrate, perſuadé que ſon étoile le deſtinoit à être
malheureux ſans reſſource, repaſſant dans ſon eſprit toutes ſes diſgraces, depuis l'avanture de la femme qui haïſſoit les borgnes, juſqu'à celle de ſon armure. Voilà ce
que c'eſt, diſoit-il, de m'être éveillé trop tard; ſi j'avois
moins dormi, je ſerois Roi de Babylone, je poſſéderois
Aſtarté. Les ſciences, les mœurs, le courage n'ont donc
jamais ſervi qu'à mon infortune. Il lui échappa enfin de
murmurer contre la Providence, & il fut tenté de croire
que tout étoit gouverné par une deſtinée cruelle qui op-
primoit les bons, & qui faiſoit proſpérer les Chevaliers
verds. Un de ſes chagrins étoit de porter cette armure
verte, qui lui avoit attiré tant de huées. Un Marchand
paſſa, il la lui vendit à vil prix, & prit du Marchand une
robe & un bonnet long. Dans cet équipage, il côto-
yoit l'Euphrate, rempli de déſeſpoir, & accuſant en
ſecret la Providence qui le perſécutoit
toujours.

CHA-

CHAPITRE XVII.

L'Hermite.

Il rencontra en marchant un Hermite, dont la barbe blanche & vénérable lui defcendoit jufqu'à la ceinture. Il tenoit en main un livre qu'il lifoit attentivement. Zadig s'arrêta, & lui fit une profonde inclination. L'Hermite le falua d'un air fi noble & fi doux, que Zadig eut la curiofité de l'entretenir. Il lui demanda quel livre il lifoit : c'eft le livre des deftinées, dit l'Hermite ; voulez-vous en lire quelque chofe ? Il mit le livre dans les mains de Zadig, qui, tout inftruit qu'il étoit dans plufieurs langues, ne put déchifrer un feul caractére du livre. Cela redoubla encore fa curiofité. Vous me paraiffez bien chagrin, lui dit ce bon Pere. Hélas ! que j'en ai fujet, dit Zadig. Si vous permettez que je vous accompagne, repartit le Vieillard, peut-être vous ferai-je utile. J'ai quelquefois répandu des fentimens de confolation dans l'ame des malheureux. Zadig fe fentit du refpect pour l'air, pour la barbe, & pour le livre de l'Hermite. Il lui trouva dans la converfation des lumiéres fupérieures. L'Hermite parloit de la deftinée, de la juftice, de la morale, du fouverain bien, de la faibleffe humaine, des vertus & des vices, avec une éloquence fi vive & fi touchante, que Zadig fe fentit entraîné vers lui par un charme invincible. Il le pria avec inftance de ne le point quitter, jufqu'à ce qu'ils fuffent de retour à Babylone. Je vous demande moi-même cette grace, lui dit le Vieillard ; jurez-moi par Orofmade, que vous ne vous féparerez point de moi d'ici à quelques jours, quelque chofe que je faffe. Zadig jura, & ils partirent enfemble.

Les deux voyageurs arrivérent le foir à un Château fuperbe. L'Hermite demanda l'hofpitalité pour lui &

E 5   pour

pour le jeune homme qui l'accompagnoit. Le Portier qu'on auroit pris pour un grand Seigneur, les introduisit avec une espéce de bonté dédaigneuse. On les présenta à un principal domestique, qui leur fit voir les appartemens magnifiques du Maître. Ils furent admis à sa table au bas bout, sans que le Seigneur du Château les honorât d'un regard; mais ils furent servis comme les autres, avec délicatesse & profusion. On leur donna ensuite à laver dans un bassin d'or garni d'émeraudes & de rubis. On les ména coucher dans un bel appartement, & le lendemain matin un domestique leur apporta à chacun une piéce d'or, après quoi on les congédia.

Le Maître de la maison, dit Zadig en chemin, me paraît être un homme généreux, quoiqu'un peu fier, il exerce noblement l'hospitalité; en disant ces paroles, il apperçut qu'une espéce de poche très-large que portoit l'Hermite, paraissoit tenduë & enflée: il y vit le bassin d'or garni de pierreries, que celui-ci avoit volé. Il n'osa d'abord en rien témoigner; mais il étoit dans une étrange surprise. Vers le midi l'Hermite se présenta à la porte d'une maison très-petite, où logeoit un riche avare; il y demanda l'hospitalité pour quelques heures. Un vieux valet mal habillé le reçut d'un ton rude, fit entrer l'Hermite & Zadig dans l'écurie, où on leur donna quelques olives pourries, de mauvais pain & de la bierre gâtée. L'Hermite but & mangea d'un air aussi content que la veille; puis s'addressant à ce vieux valet, qui les observoit tous deux pour voir s'ils ne voloient rien, & qui les pressoit de partir, il lui donna les deux piéces d'or qu'il avoit reçûës le matin, & le remercia de toutes ses attentions. Je vous prie, ajoûta-t-il, faites-moi parler à votre Maître. Le valet étonné introduisit les deux voyageurs: Magnifique Seigneur, dit l'Hermite, je ne puis que vous rendre de très-humbles graces, de la maniére noble dont vous nous avez reçûs. Daignez accepter ce bassin d'or comme

un

un faible gage de ma reconnaissance. L'avare fut prêt
de tomber à la renverse. L'Hermite ne lui donna pas le
tems de revenir de son saisissement ; il partit au plus vîte
avec son jeune voyageur. Mon Pere, lui dit Zadig, qu'est-
ce que tout ce que je vois ? Vous ne me paraissez ressembler en rien aux autres hommes : vous volez un bassin
d'or garni de pierreries à un Seigneur qui vous reçoit magnifiquement, & vous le donnez à un avare qui vous traite avec indignité. Mon fils, répondit le vieillard, cet
homme magnifique, qui ne reçoit les étrangers que par
vanité, & pour faire admirer ses richesses, deviendra plus
sage ; l'avare apprendra à exercer l'hospitalité : ne vous
étonnez de rien, & suivez-moi. Zadig ne savoit encore
s'il avoit affaire au plus fou ou au plus sage de tous les
hommes ; mais l'Hermite parloit avec tant d'ascendant,
que Zadig lié d'ailleurs par son serment, ne put s'empêcher de le suivre.

Ils arrivérent le soir à une maison agréablement bâtie, mais simple, où rien ne sentoit ni la prodigalité, ni
l'avarice. Le Maître étoit un Philosophe retiré du monde, qui cultivoit en paix la sagesse & la vertu. Il s'étoit
plû à bâtir cette retraite dans laquelle il recevoit les étrangers, avec une noblesse qui n'avoit rien de l'ostentation.
Il alla lui-même au devant des deux voyageurs, qu'il fit
reposer d'abord dans un apartement commode. Quelque
tems après il les vint prendre lui-même, pour les inviter
à un repas propre & bien entendu, pendant lequel il parla avec discrétion des derniéres révolutions de Babylone.
Il parut sincérement attaché à la Reine, & souhaita que
Zadig eût paru dans la Lice pour disputer la Couronne :
mais les hommes, ajoûta-t-il, ne méritent pas d'avoir
un Roi comme Zadig. Celui-ci rougissoit, & sentoit re-
doubler ses douleurs. On convint dans la conversation,
que les choses de ce monde n'alloient pas toujours au gré
des plus sages. L'Hermite soutint toujours qu'on ne connaissoit

naiſſoit pas les voyes de la Providence, & que les hommes avoient tort de juger d'un tout, dont ils n'appercevoient que la plus-petite partie.

On parla des paſſions: Ah! qu'elles ſont funeſtes! diſoit Zadig. Ce ſont les vents qui enflent les voiles du vaiſſeau, repartit l'Hermite: elles le ſubmergent quelquefois; mais ſans elles il ne pourroit voguer. La bile rend colére & malade; mais ſans la bile l'homme ne ſauroit vivre. Tout eſt dangereux ici-bas, & tout eſt néceſſaire.

On parla de plaiſir, & l'Hermite prouva que c'eſt un préſent de la Divinité: car, dit-il, l'homme ne peut ſe donner ni ſenſations ni idées, il reçoit tout; la peine & le plaiſir lui viennent d'ailleurs comme ſon être.

Zadig admiroit comment un homme, qui avoit fait des choſes ſi extravagantes, pouvoit raiſonner ſi bien. Enfin, après un entretien auſſi inſtructif qu'agréable, l'Hôte reconduiſit ſes deux voyageurs dans leur apartement, en béniſſant le Ciel qui lui avoit envoyé deux hommes ſi ſages & ſi vertueux. Il leur offrit de l'argent d'une maniére aiſée & noble qui ne pouvoit déplaire. L'Hermite le refuſa, & lui dit qu'il prenoit congé de lui, comptant partir pour Babylone avant le jour. Leur ſéparation fut tendre; Zadig ſurtout ſe ſentoit plein d'eſtime & d'inclination pour un homme ſi aimable. Quand l'Hermite & lui furent dans leur apartement, ils firent long-tems l'éloge de leur Hôte. Le vieillard au point du jour éveilla ſon camarade. Il faut partir, dit-il; mais tandis que tout le monde dort encore, je veux laiſſer à cet homme un témoignage de mon eſtime & de mon affection. En diſant ces mots, il prit un flambeau, & mit le feu à la maiſon. Zadig épouvanté jetta des cris, & voulut l'empêcher de commettre une action ſi affreuſe. L'Hermite l'entraînoit par une force ſupérieure; la maiſon étoit enflammée. L'Hermite, qui étoit déja aſſez loin avec ſon compagnon, la regardoit brûler tranquillement. ~~Voila un homme bien heureux, diſoit il, votre~~

Dieu merci, dit-il, voila la maiſon de mon cher hôte détruite de fond en comble, l'heureux homme! à ces mots Zadig fut tenté à la fois d'éclater de rire, de dire des injures au révérend pere, de le battre & de s'enfuir; mais il ne fit rien de tout cela et toujours ſubjugué par l'aſcendant de l'hermite, il Zadig *le*

~~ver sous les ruines de la maison un tréfor immenfe, qui le~~
~~mettra pour toute fa vie en état d'exercer fes vertus. Zadig~~
confondu le fuivit, malgré lui, à la derniére couchée. Ce
fut chez une veuve charitable & vertueufe, qui avoit un
neveu de quatorze ans, plein d'agrémens, & fon unique
efpérance. Elle fit du mieux qu'elle put les honneurs de fa
maifon. Le lendemain elle ordonna à fon neveu d'accom-
pagner les voyageurs jufqu'à un pont qui étant rompu depuis peu, étoit devenu un paffage dangereux.

Le jeune homme empreffé marche au-devant d'eux.
Quand ils furent fur le pont, venez, dit l'Hermite au jeune
homme, il faut que je marque ma reconnaiffance à votre
tante. Il le prend alors par les cheveux, & le jette dans la
riviére. L'enfant tombe, reparaît un moment fur l'eau,
& eft engoufré dans le torrent. O monftre! ô le plus fcélérat de tous les hommes! s'écria Zadig. Vous m'aviez promis plus de patience, lui dit l'Hermite en l'interrompant :
~~apprenez que ce jeune homme auroit affaffiné fa tante dans~~ #
~~un an.~~ Qui te l'a dit, barbare, crioit Zadig? & quand tu
aurois lû cet événement dans ton livre des deftinées, t'eft-
il permis de noyer un enfant qui ne t'a point fait de mal?

Tandis que le Babylonien parloit, il apperçut que le
vieillard n'avoit plus de barbe, que fon vifage prenoit les
traits de la jeuneffe. Son habit d'Hermite difparut; quatre
belles aîles couvroient un corps majeftueux & refplendif-
fant de lumiere. O envoyé du Ciel! ô Ange divin! s'écria
Zadig en fe proſternant, tu es donc defcendu de l'Empi-
rée, pour apprendre à un faible mortel à fe foumettre aux
ordres éternels. Les hommes, dit l'Ange Jefrad, jugent de
tout, fans rien connaître : tu étois celui de tous les hommes
qui méritois le plus d'être éclairé. Zadig lui demanda la
permiffion de parler. Je me défie de moi-même, dit-il; mais
oferai-je te prier de m'éclaircir fur un doute : Ne vaudroit-
il pas mieux avoir corrigé cet enfant, & l'avoir rendu vertueux, que de le noyer? Jefrad reprit : S'il avoit été ver-
apprenés que fous les ruines de cette maison tueux,
où la providence a mis le feu, le maître a trouvé
un trefor immense, apprenés que ce jeune homme
dont la providence vient de tordre le cou, auroit
assassiné fa tante dans un an, et vous dans deux.
qui

tueux, & s'il eût vécu, son destin étoit d'être assassiné lui-même, avec la femme qu'il devoit épouser, & le fils qui en devoit naître. Mais quoi, dit Zadig, il est donc né-cessaire qu'il y ait des crimes & des malheurs, & les mal-heurs tombent sur les gens de bien. Les méchans, répondit Jesrad, sont toujours malheureux. Ils servent à éprouver un petit nombre de justes répandus sur la terre, & il n'y a point de mal dont il ne naisse un bien. Mais, dit Zadig, s'il n'y avoit que du bien, & point de mal? Alors, reprit Jesrad, cette terre seroit une autre terre, l'en-chaînement des événemens seroit un autre ordre de sages-se; & cet autre ordre qui seroit parfait, ne peut être que dans la demeure éternelle de l'Etre suprême, de qui le mal ne peut approcher. Il a créé des millions de mondes, dont aucun ne peut ressembler à l'autre. Cette immense variété est un attribut de sa puissance immense. Il n'y a ni deux feuilles d'arbres sur la terre, ni deux globes dans les champs infinis du Ciel, qui soient semblables; & tout ce que tu vois sur le petit atome où tu es né, devoit être dans sa place & dans son tems fixe, selon les ordres im-muables de celui qui embrasse tout. Les hommes pensent que cet enfant qui vient de périr, est tombé dans l'eau par hazard, que c'est par un même hazard que cette maison est brûlée: mais il n'y a point de hazard; tout est épreu-ve, ou punition, ou récompense, ou prévoyance. Souviens-toi de ce pêcheur qui se croyoit le plus malheureux de tous les hommes. Orosmade t'a envoyé pour changer sa destinée. Faible mortel, cesse de disputer contre ce qu'il faut adorer. Mais, dit Zadig. Comme il disoit *Mais,* l'Ange prenoit déja son vol vers la dixiéme sphére. Zadig à genoux adora la Providence, & se soumit. L'Ange lui cria du haut des airs: Prends ton chemin vers Babylone.

CHA-

CHAPITRE XVIII.

Les Enigmes.

Zadig hors de lui-même, & comme un homme auprès de qui eſt tombé le tonnerre, marchoit au hazard. Il entra dans Babylone le jour où ceux qui avoient combattu dans la Lice, étoient déja aſſemblés dans le grand Veſtibule du Palais, pour expliquer les énigmes, & pour répondre aux queſtions du grand Mage. Tous les Chevaliers étoient arrivés, excepté l'armure verte. Dès que Zadig parut dans la Ville, le peuple s'aſſembla autour de lui ; les yeux ne ſe raſſaſſioient point de le voir, les bouches de le benir, les cœurs de lui ſouhaiter l'Empire. L'envieux le vit paſſer, frémit & ſe détourna. Le peuple le porta juſqu'au lieu de l'Aſſemblée. La Reine à qui on apprit ſon arrivée, fut en proye à l'agitation de la crainte & de l'eſpérance. L'inquiétude la dévoroit ; elle ne pouvoit comprendre, ni pourquoi Zadig étoit ſans armes, ni comment Itobad portoit l'armure blanche. Un murmure confus s'éleva à la vûë de Zadig. On étoit ſurpris & charmé de le revoir ; mais il n'étoit permis qu'aux Chevaliers qui avoient combattu, de paraître dans l'Aſſemblée.

J'ai combattu comme un autre, dit-il ; mais un autre porte ici mes armes ; & en attendant que j'aye l'honneur de le prouver, je demande la permiſſion de me préſenter pour expliquer les énigmes. On alla aux voix : ſa réputation de probité étoit encore ſi fortement imprimée dans les eſprits, qu'on ne balança pas à l'admettre.

Le grand Mage propoſa d'abord cette queſtion : Quelle eſt de toutes les choſes du monde la plus longue

&

& la plus courte, la plus prompte & la plus lente, la plus divisible & la plus étenduë, la plus négligée & la plus regrettée, sans qui rien ne se peut faire, qui dévore tout ce qui est petit, & qui vivifie tout ce qui est grand.

C'étoit à Itobad à parler. Il répondit qu'un homme comme lui n'entendoit rien aux énigmes, & qu'il lui suffisoit d'avoir vaincu à grands coups de lance. Les uns dirent que le mot de l'énigme étoit la fortune; d'autres la terre, d'autres la lumiére. Zadig dit que c'étoit le tems : Rien n'est plus long, ajoûta-t-il, puisqu'il est la mesure de l'éternité ; rien n'est plus court, puisqu'il manque à tous nos projets ; rien n'est plus lent pour qui attend ; rien de plus rapide pour qui joüit ; il s'étend jusqu'à l'infini en grand ; il se divise jusques dans l'infini en petit ; tous les hommes le négligent, tous en regrettent la perte ; rien ne se fait sans lui ; il fait oublier tout ce qui est indigne de la postérité, & il immortalise les grandes choses. L'Assemblée convint que Zadig avoit raison.

On demanda ensuite : Quelle est la chose qu'on reçoit sans remercier, dont on joüit sans savoir comment, qu'on donne aux autres, quand on ne sait où l'on en est, & qu'on perd sans s'en appercevoir?

Chacun dit son mot. Zadig dévina seul que c'étoit la vie ; il expliqua toutes les autres énigmes, avec la même facilité. Itobad disoit toujours, que rien n'étoit plus aisé, & qu'il en seroit venu à bout tout aussi facilement, s'il avoit voulu s'en donner la peine. On proposa des questions sur la justice, sur le souverain bien, sur l'art de régner. Les réponses de Zadig furent jugées les plus solides. C'est bien dommage, disoit-on, qu'un si bon ésprit soit un si mauvais Cavalier.

Illu-

Illuftres Seigneurs, dit Zadig, j'ai eu l'honneur de vaincre dans la Lice ; c'eft à moi qu'apartient l'armure blanche. Le Seigneur Itobad s'en empara pendant mon fommeil ; il jugea apparemment qu'elle lui fiéroit mieux que la verte. Je fuis prêt de lui prouver d'abord devant vous, avec ma robe & mon épée contre toute cette belle armure blanche qu'il m'a prife, que c'eft moi qui ai eu l'honneur de vaincre le brave Otame.

Itobad accepta le défi avec la plus grande confiance. Il ne doutoit pas qu'étant cafqué, cuiraffé, braffardé, il ne vînt aifément à bout d'un champion en bonnet & en robe. Zadig tira fon épée, en faluant la Reine qui le regardoit, pénétrée de joye & de crainte. Itobad tira la fienne, en ne faluant perfonne. Il s'avança fur Zadig comme un homme qui n'avoit rien à craindre. Il étoit prêt à lui fendre la tête. Zadig fut parer le coup, en oppofant ce qu'on appelle le fort de l'épée au faible de fon adverfaire, de façon que l'épée d'Itobad fe rompit. Alors Zadig faififfant fon ennemi au corps, le renverfa par terre ; & lui portant la pointe de fon epée au défaut de la cuiraffe : Laiffez-vous défarmer, dit-il, ou je vous tuë. Itobad, toujours furpris des difgraces qui arrivoient à un homme comme lui, laiffa faire Zadig, qui lui ôta paifiblement fon magnifique cafque, fa fuperbe cuiraffe, fes beaux braffards, fes brillans cuiffards, s'en revêtit, & courut dans cet équipage fe jetter aux genoux d'Aftarté. Cador prouva aifément que l'armure apartenoit à Zadig. Il fut reconnu Roi d'un confentement unanime, & fur-tout de celui d'Aftarté, qui goûtoit, après tant d'adverfités, la douceur de voir fon amant digne aux yeux de l'Univers d'être fon époux. Itobad alla fe faire appeller Monfeigneur dans fa maifon. Zadig fut Roi, & fut heureux. Il avoit préfent à l'efprit, ce que lui avoit dit l'Ange Jefrad. Il fe fouvenoit même du grain de fable devenu diamant. La Reine & lui adorérent la Providence. Zadig laiſſa la belle capricieuſe Miſſouf courir le monde. Il envoya chercher le brigand Arbogad, auquel il donna un grade honorable dans ſon armée, avec promeſſe de l'avancer aux premiéres dignités, s'il ſe comportoit en vrai guerrier, & de le faire pendre, s'il faiſoit le métier de brigand.

Sétoc fut appellé du fond de l'Arabie, avec la belle Almona, pour être à la tête du commerce de Babylone. Cador fut placé & chéri ſelon ſes ſervices : il fut l'ami du Roi, & le Roi fut alors le ſeul Monarque de la terre qui eût un ami. Le petit muet ne fut pas oublié. On donna une belle maiſon au pêcheur ; Orcan fut condamné à lui payer une groſſe ſomme, & à lui rendre ſa femme ; mais le pêcheur devenu ſage, ne prit que l'argent.

Ni la belle Sémire ne ſe conſoloit d'avoir cru que Zadig ſeroit borgne, ni Azora ne ceſſoit de pleurer d'avoir voulu lui couper le nez. Il adoucit leurs douleurs par des préſens. L'envieux mourut de rage & de honte. L'Empire jouît de la paix, de la gloire & de l'abondance : ce fut le plus beau ſiécle de la terre ; elle étoit gouvernée par la juſtice & par l'amour. On béniſſoit Zadig, & Zadig béniſſoit le Ciel.

LE
MONDE
COMME IL VA.

VISION DE BABOUC

ECRITE PAR LUI-MEME.

Lisez partout Babouc au lieu de Babouë.

CHA.

CHAPITRE I.

Parmi les Génies, qui préfident aux Empires du monde, Ituriel tient un des premiers rangs & il a le département de la haute Afie. Il defcendit un matin dans la demeure du Scite Babouë fur le rivage de l'Onun & lui dit, Babouë, les folies & les excès des Perfes ont attiré notre colére ; il s'eft tenu hier une affemblée des Génies de la haute Afie pour favoir fi on châtiroit Perfepolis, ou fi on la détruiroit. Va dans cette ville, examine tout ; tu réviendras m'en rendre un compte fidéle ; & je me déterminerai fur ton rapport, à corriger la ville ou à l'exterminer. Mais, Seigneur, dit humblement Babouë, je n'ai jamais été en Perfe ; je n'y connais perfonne. Tant mieux, dit l'Ange, tu ne feras point partial, tu as reçu du ciel le difcernement, & j'y ajoute le don d'infpirer la confiance, marche, regarde, écoute, obferve, & ne crains rien, tu feras partout bien reçu.

Babouë monta fur fon chameau, & partit avec fes erviteurs. Au bout de quelques journées il rencontra vers les plaines de Sennaar l'Armée Perfanne qui alloit combattre l'Armée Indienne ; il s'addreffa d'abord à un Soldat, qu'il trouva écarté. Il lui parla & lui demanda, quel étoit le fujet de la guerre. Par tous les Dieux, dit le Soldat, je n'en fais rien. Ce n'eft pas mon affaire, mon métier eft de tuer & d'être tué pour gagner ma vie ; il n'importe qui je ferve. Je pourrois bien même dès demain paffer dans le camp des Indiens ; car on dit, qu'ils donnent près d'une demi dracme de cuivre par jour à leurs

Soldats,

Soldats, de plus que nous n'en avons dans ce maudit ser-
vice de Perse : Si vous voulez savoir, pourquoi on se bat
parlez à mon Capitaine.

Babouë ayant fait un petit présent au Soldat, entra
dans le camp ; il fit bien-tôt connaissance avec le Capitaine, & lui demanda le sujet de la guerre. Comment
voulez-vous que je le sache ? dit le Capitaine, & que
m'importe ce beau sujet. J'habite à deux cens lieuës de
Persépolis. J'entends dire, que la guerre est déclarée,
j'abandonne aussi-tôt ma famille & je vais chercher selon
notre coutume la fortune ou la mort, attendu que je n'ai
rien à faire. Mais vos camarades, dit Babouë, ne sont-
ils pas un peu plus instruits que vous ? Non, dit l'Officier, il n'y a gueres que nos principaux Satrapes qui savent bien précisément pourquoi on s'égorge.

Babouë étonné s'introduisit chez les Généraux, il
entra dans leur familiarité. L'un d'eux lui dit enfin : la
cause de cette guerre qui desole depuis vingt ans l'Asie,
vient originairement d'une querelle entre un Eunuque
d'une femme du grand Roi de Perse & un commis d'un
bureau du grand Roi des Indes. Il s'agissoit d'un droit,
qui revenoit à peu près à la trentiéme partie d'une Dari-
que. Le Premier-Ministre des Indes & le notre soutin-
rent dignement les droits de leurs Maîtres : la querelle
s'échauffa. On mit de part & d'autre en campagne une
Armée d'un million de Soldats. Il faut recruter cette
Armée tous les ans de plus de quatre cens mille hommes,
les meurtres, les incendies, les ruïnes, les dévastations
se multiplient ; l'Univers souffre & l'acharnement continuë. Notre Premier-Ministre & celui des Indes pro-
testent souvent, qu'ils n'agissent que pour le bonheur du
genre humain, & à chaque protestation il y a toujours
quelque ville detruite & quelque province ravagée.

Le lendemain sur un bruit qui se répandit que la
paix alloit être concluë, le Général Persan & le Général
Indien s'empressérent de donner bataille, elle fut sanglante.

glante. Babouë en vit toutes les fautes, & toutes les abominations, il fut témoin des man-œuvres des principaux Satrapes, qui firent ce qu'ils purent pour faire battre leur Chef. Il vit des Officiers tués par leurs propres troupes, il vit des Soldats qui achevoient d'égorger leurs camarades expirans, pour leur arracher quelques lambeaux fanglans, déchirés & couverts de fang; il entra dans les hôpitaux où l'on transportoit les bleffés, dont la plûpart expiroient par la négligence inhumaine de ceux même, que le Roi de Perfe payoit cherement pour les fécourir. Sont cela des hommes, s'écria Babouë, ou des bêtes féroces? Ah, je vois bien que Perfépolis fera détruite.

Occupé de cette penfée il paffa dans le camp des Indiens, il y fut auffi bien reçu que dans celui des Perfes, felon ce qui lui avoit été prédit, mais il y vit tous les mêmes excès qui l'avoient faifi d'horreur. Oh, oh, dit-il en lui-même: Si l'Ange Ituriel veut exterminer les Perfans, il faut donc que l'Ange des Indes détruife auffi les Indiens. S'étant enfuite informé plus en détail de ce qui s'étoit paffé dans l'une & l'autre Armée, il apprit des actions de générofité, de grandeur d'ame, d'humanité, qui l'étonnérent & le ravirent; Inexplicables humains, s'écria-t-il, comment pouvez-vous réünir tant de baffeffe & de grandeur, tant de vertus & de crimes.

Cependant la paix fut déclarée, les Chefs des deux Armées, dont aucun n'avoit remporté la victoire, mais qui pour leur feul interêt avoient fait verfer le fang de tant d'hommes leurs femblables, allérent briguer dans leurs cours des récompenfes. On célébra la paix dans des écrits publics, qui n'annonçoient que le rétour de la vertu & de la félicité fur la terre. Dieu foit loué, dit Babouë; Perfépolis fera le féjour de l'innocence épurée; elle ne fera point détruite comme le vouloient ces vilains génies. Courons fans tarder dans cette Capitale de l'Afie.

CHA-

CHAPITRE II.

Il arriva dans cette ville immenfe par l'ancienne entrée,
qui étoit toute barbare, & dont la rufticité dégoûtan-
te offenfoit les yeux. Toute cette partie de la Ville fe
reffentoit du tems où elle avoit été bâtie, car malgré l'o-
piniâtreté des hommes à louer l'antique aux depens du
moderne, il faut avouer qu'en tout genre les premiers ef-
fais font toujours groffiers.

Babouë fe mêla dans la foule d'un peuple compofé
de ce qu'il y avoit de plus fale & de plus laid dans les
deux fexes ; cette foule fe précipitoit d'un air hebêté dans
un enclos vafte & fombre. Au bourdonnement continuel,
au mouvement qu'il y remarqua, à l'argent que quelques
perfonnes donnoient à d'autres pour avoir droit de s'af-
feoir, il crut être dans un marché où l'on vendoit des
chaifes de paille, mais bien-tôt voyant que plufieurs
femmes fe mettoient à genoux en faifant femblant de regarder fixement devant elles, & en regardant les hommes de côté, il s'apperçut qu'il étoit dans un temple. Des
voix aigres, rauques, fauvages, difcordantes faifoient ré-
tentir la voute de fons mal articulés, qui faifoient le même effet que les voix des Onagres quand elles répondent
dans les plaines des Pictaves au cornet à bouquin qui les
appelle. Il fe bouchoit les oreilles, mais il fut près de fe
boucher encor les yeux & le nez, quand il vit entrer
dans ce Temple des ouvriers avec des pinces & des pelles,
ils remuerent une large pierre, & jettérent à droite & à
gauche une terre dont s'exaloit une odeur empeftée, enfuite on vint pofer un mort dans cette ouverture, & on
remit la pierre par deffus. Quoi, s'écria Babouë, ces
peuples enterrent leurs morts dans les mêmes lieux où ils
adorent

adorent la Divinité? Quoi, leurs Temples font pavés de cadavres? Je ne m'étonne plus de ces maladies peſtilentielles qui défolent fouvent Perſépolis. La pourriture des morts & celle de tant de vivans raſſemblés & preſſés dans le même lieu eſt capable d'empoiſonner le globe terreſtre; Ah, la vilaine ville que Perſépolis! & que je vais conſeiller à Ituriel de la détruire!

* *

CHAPITRE III.

Cépendant le soleil approchoit du haut de sa carriere, Babouë devoit aller dîner à l'autre bout de la ville chez une dame pour laquelle son mari Officier de l'armée lui avoit donné des lettres, il fit d'abord plusieurs tours dans Persépolis, il vit d'autres temples mieux bâtis & mieux ornés, remplis d'un peuple poli & rétentissans d'une musique harmonieuse; il remarqua des fontaines publiques, lesquelles quóique mal placées frappoient les yeux par leur beauté, des places où sembloient respirer en bronze les meilleurs Rois, qui avoient gouverné la Perse, d'autres places où il entendoit le peuple s'écrier, quand verrons-nous ici le Maître que nous cherissons? il admira les ponts magnifiques élevés sur le fleuve, les quais superbes & commodes, les palais bâtis à droite & à gauche, une maison immense, où des milliers de vieux Soldats blessés & vainqueurs rendoient chaque jour grace au Dieu des Armées; il entra enfin chez la Dame qui l'attendoit à dîner avec une compagnie d'honnêtes gens.   La maison étoit propre & ornée, le répas delicieux, la Dame jeune, belle, spirituelle, engageante, la compagnie digne d'elle, & Babouë disoit en lui-même, à tout moment, l'Ange Ituriel se moque du monde de vouloir détruire
une ville si charmante.

CHA-

CHAPITRE IV.

Cependant il s'apperçut que la Dame qui avoit commencé par lui demander tendrement des nouvelles de son mari, parloit plus tendrement encore sur la fin du repas à un jeune Mage. Il vit un magiſtrat qui en préſence de ſa femme preſſoit avec vivacité une veuve, & cette indulgente avoit une main paſſée autour du cou du magiſtrat, tandisqu'elle tendoit l'autre à un jeune Citoyen très-beau & très-modeſte; la femme du Magiſtrat ſe léva de table la premiere, pour aller entretenir dans un cabinet voiſin ſon Directeur, qui arrivoit trop tard, & qu'on avoit attendu à dîner & le Directeur, homme éloquent, lui parla dans ce cabinet avec tant de vehemence & d'onction que la Dame avoit quand elle revint, les yeux humides, les jouës enflammées, la demarche mal aſſûrée, la parole tremblante.

Alors Babouë commença à craindre que le Genie Ituriel n'eût raiſon. Le talent qu'il avoit d'attirer la confiance le mit dès le jour même dans les ſecrets de la Dame, elle lui confia ſon goût pour le jeune Mage ; & l'aſſûra que dans toutes les maiſons de Perſépolis il trouveroit l'équivalent de ce qu'il avoit vû dans la ſienne. Babouë conclut qu'une telle ſocieté ne pouvoit ſubſiſter, que la jalouſie, la diſcorde, la vengeance devoient déſoler toutes les maiſons, que les larmes & le ſang devoient couler tous les jours ; que certainement les maris tuéroient les galans de leurs femmes, où en ſeroient tués, & qu'enfin Ituriel faiſoit fort bien de détruire tout d'un coup une ville abandonnée à de continuels deſaſtres.

CHA-

* *

CHAPITRE V.

Il étoit plongé dans ces idées funestes, quand il se présenta à la porte, un homme grave en manteau noir, qui demanda humblement à parler au jeune Magistrat. Celui-ci sans se lever, sans le regarder lui donna fierement & d'un air distrait quelques papiers ; & le congedia. Baboüé demanda quel étoit cet homme ; la Maîtresse de la maison lui dit tout bas ; c'est un des meilleurs avocats de la ville, il y a cinquante ans qu'il étudie les loix. Monsieur qui n'a que vingt-cinq ans & qui est Satrape de loi depuis deux jours, lui donne à faire l'extrait d'un procès qu'il doit juger, qu'il n'a pas encor examiné. Le jeune étourdi fait sagement, dit Baboüé, de demander conseil à un vieillard, mais pourquoi n'est ce pas ce vieillard qui est juge. Vous vous moquez, lui dit on, jamais ceux qui ont vieilli dans les emplois laborieux & subalternes ne parviennent aux dignités. Le jeune homme a une grande charge, parceque son pere est riche, & qu'ici le droit de rendre la justice s'achete comme une métairie. O mœurs ! o malheureuse ville, s'écria Baboüé, voilà le comble du désordre, sans doute ceux qui ont ainsi acheté le droit de juger, vendent leurs jugemens, je ne vois ici que des abîmes d'iniquité. Comme il marquoit ainsi sa douleur & sa surprise, un jeune guerrier qui étoit revenu ce jour même de l'Armée, lui dit, pourquoi ne voulez-vous pas qu'on achete les emplois de la robe ? j'ai bien acheté moi le droit d'afronter la mort à la tête de deux mille hommes que je commande ; il m'en a couté quarante mille Dariques d'or cette année, pour coucher sur la terre trente nuits de suite en habit rouge & pour recevoir ensuite deux bons coups de fléche dont je me sens encore. Si je me ruïne pour servir l'Empereur Persan que je n'ai ja-

mais

mais vû, Mr. le Satrape de robe peut bien payer quelque chofe, pour avoir le plaifir de donner audiance à des plaideurs. Babouë indigné ne put s'empêcher de condamner dans fon cœur un païs où l'on mettoit à l'encan les dignités de la paix & de la guerre ; il conclut précipitament que l'on y devoit ignorer abfolument la guerre & les loix, & que quand même Ituriel n'extermineroit pas ces peuples, ils périroient par leur déteftable adminiftration.

Sa mauvaife opinion augmenta encor à l'arrivée d'un gros homme qui ayant falué très - familiérement toute la compagnie s'approcha du jeune Officier & lui dit : Je ne peux vous prêter que cinquante mille Dariques d'or, car en vérité les douanes de l'empire ne m'en ont rapporté que trois cens milles cette année. Babouë s'informa quel étoit cet homme qui fe plaignoit de gagner fi peu, il apprit qu'il y avoit dans Perfépolis foixante & douze Rois plebeiens qui tenoient à bail l'Empire de Perfe, & qui en rendoient quelque chofe au Monarque.

CHA-

CHAPITRE VI.

Après diné il alla dans un des plus superbes temples de
la ville, il s'assit au milieu d'une troupe de femmes
& d'hommes qui étoient venus là pour passer le tems. Un
Mage parut dans une machine élevée qui parla long-tems
du vice & de la vertu. Ce Mage divisa en plusieurs parties ce qui n'avoit nul besoin d'être divisé, il prouva mé-
thodiquement tout ce qui étoit clair, il enseigna tout ce
qu'on savoit. Il se passionna froidement & sortit suant &
hors d'haleine. Toute l'assemblée alors se reveilla, &
crut avoir assisté à une instruction. Babouë dit, voilà un
homme qui a fait de son mieux pour ennuyer deux ou
trois cens de ses concitoyens ; mais son intention étoit
bonne & il n'y a pas là de quoi détruire Persépolis.

Au sortir de cette assemblée on le mena voir une
fête publique qu'on donnoit tous les jours de l'année.
C'étoit dans une espéce de basilique au fonds de laquelle
on voyoit un palais. Les plus belles citoyennes de Persépolis, les plus considerables Satrapes rangés avec ordre
formoient un spectacle si beau, que Babouë crut d'abord
que c'étoit là toute la fête. Deux ou trois personnes qui
paraissoient des Rois & des Reines parurent bien-tôt dans
le vestibule de ce palais ; leur langage étoit très-différent
de celui du peuple, il étoit mesuré, harmonieux & sublime Personne ne dormoit, on écoutoit dans un profond
silence, qui n'étoit interrompu que par les temoignages
de la sensibilité & de l'admiration publique. Le devoir
des Rois, l'amour de la vertu, les dangers des passions
étoient exprimés par des traits si vifs & si touchans que
Babouë versa des larmes. Il ne douta pas que ces héros
& ces héroines, ces Rois & ces Reines, qu'il venoit d'en-
ten-

tendre ne fuſſent les prédicateurs de l'Empire; il ſe propoſa même d'engager Ituriel à les venir entendre; bien
ſûr qu'un tel ſpectacle le reconcilieroit pour jamais avec
la ville.

Dès que cette fête fut finie, il voulut voir la princi-
pale Reine qui avoit débité dans ce beau palais une morale ſi noble & ſi pure, il ſe fit introduire chez ſa Maje-
ſté, on le mena par un petit eſcalier, au ſecond étage
dans un apartement mal meublé, où il trouva une femme mal vêtüe qui lui dit d'un air noble & patétique : Ce
métier-ci ne me donne pas de quoi vivre ; un des Princes
que vous avez vûs m'a fait un enfant. J'accoucherai bien-
tôt ; je manque d'argent, & ſans argent on n'accouche
point. Babouë lui donna cent Dariques d'or, en diſant
s'il n'y avoit que ce mal-là dans la ville, Ituriel auroit
tort de ſe tant fâcher.

De-là, il alla paſſer la ſoirée chez des marchands
de magnificences inutiles. Un homme intelligent, avec
lequel il avoit fait connaiſſance, l'y mena ; il acheta ce
qui lui plut, & on le lui vendit avec beaucoup de poli-
teſſe quatre fois plus qu'il ne valoit. Son ami de retour
chez lui, lui fit voir combien on le trompoit. Babouë
mit ſur ſes tablettes le nom du marchand pour le faire
diſtinguer par Ituriel au jour de la punition de la ville.
Comme il écrivoit, on frappa à ſa porte, c'étoit le marchand lui même qui venoit lui rapporter ſa bourſe que Babouë avoit laiſſé par mégarde ſur ſon comptoir. Comment ſe peut-il, s'écria Babouë, que vous ſoyez ſi fidele &
ſi généreux après n'avoir pas eu de honte de me vendre
des colifichets quatre fois au-deſſus de leur valeur ?

Il n'y a aucun négociant un peu connu dans cette
ville, lui repondit le marchand, qui ne fut venu vous rapporter

porter votre bourſe; mais on vous a trompé quand on
vous a dit que je vous avois vendu ce que vous avez pris
chez moi quatre fois plus qu'il ne vaut; je vous l'ai vendu dix fois d'avantage; & cela eſt ſi vrai, que ſi dans
un mois vous voulez le revendre, vous n'en aurez pas
même ce dixiéme. Mais rien n'eſt plus juſte; c'eſt la
fantaiſie des hommes, qui met le prix à ces choſes fri-
voles; c'eſt cette fantaiſie, qui fait vivre cent ouvriers
que j'employe, c'eſt elle qui me donne une belle maiſon, un char commode, des chevaux; c'eſt elle qui ex-
cite l'induſtrie, qui entretient le goût, la circulation &
l'abondance.

Je vends aux nations voiſines les mêmes bagatelles
plus cherement qu'à vous, & par-là je ſuis utile à l'empire. Babouë, après avoir un peu revé, le raya
de ſes tablettes.

CHA-

CHAPITRE VII.

Baboüe fort incertain sur ce qu'il devoit penser de Persépolis, résolut de voir les Mages & les Lettrés ; car les uns étudient la sagesse & les autres la Réligion, & il se flatta que ceux-là obtiendroient grace pour le reste du peuple. Dès le lendemain matin il se transporta dans un collége de Mages. L'Archimandrite lui avoua, qu'il avoit cent mille écus de rente pour avoir fait vœu de pauvreté & qu'il exerçoit un empire assez étendu en vertu de son vœu d'humilité, après quoi il laissa Baboüe entre les mains d'un petit frere, qui lui fit les honneurs.

Tandis que ce frere lui montroit les magnificences de cette maison de pénitence, un bruit se répandit, qu'il étoit venu pour reformer toutes ces maisons. Aussi-tôt il reçut des memoires de chacune d'elles ; & les memoires disoient tous en substance : *Conservez nous & detruisez toutes les autres.* A entendre leurs Apologies, ces sociétés étoient toutes nécessaires. A entendre leurs accusations reciproques, elles méritoient toutes d'être anéanties. Il admiroit comme il n'y en avoit aucune d'elles, qui pour édifier l'Univers ne voulut en avoir l'empire. Alors il se présenta un petit homme, qui étoit un demi Mage, & qui lui dit, je vois bien que l'œuvre va s'accomplir ; car Zerdust est revenu sur la terre, les petites filles prophetisent en se faisant donner des coups de pincette par devant & le fouët par derriere. Ainsi nous vous demandons votre protection contre le grand Lama. Comment, dit Baboüe, contre ce Pontife Roi, qui reside au Tibet ? contre lui-même. Vous lui faites donc la guerre, & vous levez contre lui des Armées ; Non, mais il dit, que l'homme est libre, & nous n'en croyons rien. Nous écrivons contre lui de petits livres, qu'il ne lit pas; à peine a-t-il entendu parler de nous, il nous a seulement fait condamner comme un Maître ordonne, qu'on échenille les arbres de ses jardins. Babouë fremit de la folie de ces hommes, qui faisoient profession de sagesse, des intrigues de ceux qui avoient renoncé au monde, de l'ambition & de la convoitise orgueilleuse de ceux qui enseignoient l'humilité & le desintéressement; il conclut qu'Ituriel avoit de bonnes raisons pour détruire toute cette engeance.

CHA-

CHAPITRE VIII.

Retiré chez lui il envoya chercher des livres nouveaux pour adoucir son chagrin, & il pria quelques lettrés à dîner pour se réjouïr. Il en vint deux fois plus qu'il n'en avoit demandé. Comme les guepes que le miel attire, ses parasites se pressoient de manger & de parler, ils louoient deux sortes de personnes, les morts & eux-mêmes, & jamais leurs contemporains, excepté le Maître de la maison. Si quelqu'un d'eux disoit un bon mot, les autres baissoient les yeux, & se mordoient les lévres de douleur de ne l'avoir pas dit. Ils avoient moins de dissimulation que les Mages, parcequ'ils n'avoient pas de si grands objets d'ambition. Chacun d'eux briguoit une place de valet, & une reputation de Grand-Homme, ils se disoient en face des choses insultantes, qu'ils croyoient des traits d'esprit. Le repas fini chacun d'eux s'en alla seul ; car il n'y avoit pas dans toute la troupe deux hommes, qui pussent se souffrir, ni même se parler ailleurs que chez les riches qui les invitoient à leur table : Baboue jugea, qu'il n'y auroit pas grand mal, quand cette vermine périroit dans la destruction générale.

CHAPITRE IX.

Dès qu'il se fut défait d'eux, il se mit à lire quelques livres nouveaux. Il y reconnut l'esprit de ses convives. Il vit sur-tout avec indignation ces gazettes de la médisance, ces archives du mauvais goût, que l'envie, la bassesse & la faim ont dicté. Ces laches Satires où l'on ménage le vautour & où l'on déchire la colombe, ces Romans denués d'imagination, où l'on voit tant de portraits des femmes que l'auteur ne connaît pas.

Il jetta au feu tous ces détestables écrits, & sortit pour aller le soir à la promenade. On le présenta à un vieux lettré, qui n'étoit point venu grossir le nombre de ses parasites. Ce Lettré fuyoit toujours la foule, connaissoit les hommes, en faisoit usage & se communiquoit avec discrétion. Babouë lui parla avec douleur de ce qu'il avoit lu & de ce qu'il avoit vû.

Vous avez lu des choses bien méprisables, lui dit le sage lettré ; mais dans tous les tems & dans tous les païs, & dans tous les genres, le mauvais fourmille, & le bon est rare. Vous avez reçû chez vous le rébut de la pédanterie, parceque dans toutes les professions ce qu'il y a de plus indigne de paraître est toujours ce qui se présente avec le plus d'impudence. Les véritables Sages vivent entre eux rétirés & tranquiles; il y a encore parmi nous des hommes & des livres dignes de votre attention. Dans le tems qu'il parloit ainsi, un autre Lettré les joignit ; leurs discours furent si agréables & si instructifs, si élevés au dessus des préjugés, & si conformes à la vertu que Babouë avoua n'avoir jamais rien entendu de pareil. Voilà des hommes, disoit-il tout bas, à qui l'Ange Ituriel n'osera toucher, ou il sera bien impitoyable.

Racom-

Racommodé avec les Lettrés, il étoit toujours en colére contre le reſte de la Nation. Vous êtes étranger, lui dit l'homme judicieux, qui lui parloit; les abus ſe préſentent à vos yeux en foule, & le bien qui eſt caché & qui réſulte quelque fois de ces abus même vous échappe. Alors ils le menérent chez le principal Mage qu'on appelloit le Surveillant. Memnon vit dans ce Mage un homme digne d'être à la tête des juſtes; il ſut qu'il y en avoit beaucoup qui lui reſſembloient, il conçut même que ces grands corps, qui ſembloient en ſe choquant préparer leurs communes ruïnes étoient au fonds des inſtitutions ſalutaires, que chaque ſocieté de Mages étoit un frein à ſes rivales; que ſi ces émules differoient dans quelques opinions, il enſeignoient tous la même Morale, qu'ils inſtruiſoient le peuple, & qu'ils vivoient ſoumis aux loix; ſemblables aux Precepteurs qui veillent ſur le fils de la maiſon, tandis que le Maître veille ſur eux-mêmes. Il en pratiqua pluſieurs & vit des ames céleſtes. Il apprit même que parmi les fous qui prétendoient faire la guerre au grand Lama, il y avoit eu de très-grands Hommes. Il ſoupçonna enfin qu'il pourroit bien être des mœurs de Perſépolis, comme des édifices dont les uns lui avoient paru dignes de pitié, & les autres l'avoient ravi en admiration.

G 3

CHA.

CHAPITRE X.

Il dit à son Lettré, je connais très-bien que ces Mages que j'avois crû si dangereux sont en effet très-utiles, sur-tout quand un Gouvernement sage les empêche de se rendre trop nécessaires; mais vous m'avouerez au moins que vos jeunes Magistrats, qui achetent une charge de Juge dès qu'ils ont appris à monter à cheval, doivent étaler dans les tribunaux tout ce que l'impertinence a de plus ridicule, & tout ce que l'iniquité a de plus pervers, il vaudroit mieux sans doute donner ces places gratuitement à ces vieux Jurisconsultes, qui ont passé toute leur vie à peser le pour & le contre.

Le Lettré lui repliqua : Vous avez vû notre Armée avant d'arriver à Persépolis, vous savez que nos jeunes Officiers se battent très-bien, quoi qu'ils ayent acheté leurs charges. Peut-être verrez-vous que nos jeunes Magistrats ne jugent pas mal, quoi qu'ils ayent payé pour juger.

Il le mena le lendemain au grand Tribunal, où l'on devoit rendre un arrêt important. La cause étoit connuë de tout le monde. Tous ces vieux Avocats, qui en parloient étoient flottans dans leurs opinions, ils alléguoient cent loix, dont aucune n'étoit applicable au fonds de la question; ils régardoient l'affaire par cent côtés, dont aucun n'étoit dans son vrai jour, les Juges decidérent plus vîte que les Avocats ne doutérent. Leur jugement fut presque unanime; ils jugérent bien, parcequ'ils suivoient les lumieres de la raison, & les autres avoient opiné mal, parcequ'ils n'avoient consulté que leurs livres.

Babouë

Babouë conclut, qu'il y avoit souvent de très-bon-nes choses dans les abus.   Il vit dès le jour même que les richesses des Financiers, qui l'avoient tant revolté, pouvoient produire un effet excellent.   Car l'Empereur ayant eu besoin d'argent, il trouva en une heure par leur moyen ce qu'il n'auroit pas eu en six mois par les voyes ordinaires ; il vit que ces gros nuages enflés de la rosée de la terre, lui rendoient en pluye ce qu'ils en re-cevoient.   D'ailleurs les enfans de ces hommes nouveaux souvent mieux élevés que ceux des familles plus ancien-nes valoient quelquefois beaucoup mieux ; car rien n'em-pêche qu'on ne soit un bon Juge, un brave Guerrier, un Homme d'Etat habile, quand on a eu un pere bon Calculateur.

CHA-

CHAPITRE XI.

Insensiblement Babouë faisoit grace à l'avidité du Financier, qui n'est pas au fond plus avide que les autres hommes, & qui est très-necessaire. Il excusoit la folie de se ruiner pour juger & pour se battre, folie qui produit de grands Magistrats & des Héros. Il pardonnoit à l'envie des Lettrés parmi lesquels il se trouvoit des hommes, qui éclairoient le monde ; il se reconcilioit avec les Mages, ambitieux & intrigans, chez lesquels il y avoit plus de grandes vertus encore que de petits vices ; mais il lui restoit bien des griefs, & sur-tout les galanteries des Dames & les désolations, qui en devoient être la suite, le remplissoient d'inquiétude & d'effroi.

Comme il vouloit penétrer dans toutes les conditions humaines, il se fit méner chez un Ministre; mais il trembloit toujours en chemin que quelque femme ne fut assassinée en sa présence par son mari. Arrivé chez l'Homme d'Etat, il resta deux heures dans l'antichambre sans être annoncé, & deux heures encore après l'avoir été. Il se promettoit bien, dans cet intervalle de recommander à l'Ange Ituriel & le Ministre & les insolens huissiers. L'antichambre étoit remplie de Dames de tout étage, de Mages de toutes couleurs, de Juges, de Marchands, d'Officiers, de Pédans ; tous se plaignoient du Ministre. L'avare & l'usurier disoient : sans doute cet homme-là pillé les provinces ; le capricieux lui reprochoit d'être bizarre ; le voluptueux disoit : Il ne songe qu'à ses plaisirs ; l'intriguant se flattoit de se voir bien-tôt perdu par une cabale ; les femmes esperoient qu'on leur donneroit bien-tôt un Ministre plus jeune.

Babouë

Babouë entendoit leurs difcours, il ne put s'empêcher de dire, voilà un homme bien-heureux, il a tous fes
ennemis dans fon antichambre, il écrafe de fon pouvoir
ceux qui l'envient ; il voit à fes pieds ceux qui le de-
teftent ; il entra enfin ; il vit un petit vieillard courbé
fous le poids des années & des affaires ; mais encore vif
& plein d'efprit.

Babouë lui plut, & il parut à Babouë un homme
eftimable.   La converfation devint intereffante, le Miniftre lui avoua, qu'il étoit un homme très-malheureux,
qu'il paffoit pour riche, & qu'il étoit pauvre, qu'on le
croyoit tout-puiffant, & qu'il étoit toujours contredit,
qu'il n'avoit guere obligé que des ingrats, & que dans
un travail continuel de quarante années ; il avoit à peine
un moment de confolation.   Babouë en fut touché, &
penfa que fi cet homme avoit fait des fautes, & fi l'Ange
Ituriel vouloit le punir, il ne falloit pas l'exterminer ;
mais feulement lui laiffer fa
place.

———————

G 5   CHA-

✥✢✥ ✢✥ ✢✥ ✢✥ ✢✥ ✢✥ ✢✥ ✢✥ ✢✥ ✢✥ ✢✥ ✢✥

CHAPITRE XII.

Tandis qu'il parloit au Miniſtre, entre bruſquement la belle Dame chez qui Babouë avoit dîné; on voyoit dans ſes yeux & ſur ſon front les ſimptomes de la douleur & de la colére.   Elle éclata en reproches contre l'homme d'Etat, elle verſa des larmes, elle ſe plaignit avec amertume de ce qu'on avoit réfuſé à ſon mari une place où ſa naiſſance lui permettoit d'aſpirer & que ſes ſervices & ſes bleſſures méritoient; elle s'exprima avec tant de force, elle mit tant de graces dans ſes plaintes, elle détruiſit les objections avec tant d'addreſſe, elle fit valoir les raiſons avec tant d'éloquence, qu'elle ne ſortit point de la chambre ſans avoir fait la fortune de ſon mari.

Babouë lui donna la main: eſt-il poſſible, Madame, lui dit-il, que vous vous ſoyez donnée toute cette peine pour un homme que vous n'aimez point, & dont vous avez tout à craindre ?   Un homme que je n'aime point? s'écria-t-elle.   Sachez que mon mari eſt le meilleur ami que j'aye au monde, qu'il n'y a rien que je ne lui ſacrifie hors mon amant;   & qu'il feroit tout pour moi, hors de quitter ſa Maîtreſſe.   Je veux vous la faire connaître, c'eſt une femme charmante, pleine d'eſprit & du meilleur caractére du monde, nous ſoupons enſemble ce ſoir avec mon mari, & mon petit Mage; venez partager notre joye.

La Dame ména Babouë chez elle.   Le mari qui étoit enfin arrivé plongé dans la douleur, révit ſa femme avec des tranſports d'allegreſſe, & de reconnaiſſance; il embraſſoit tour à tour ſa femme, ſa Maîtreſſe, le petit

Mage

Mage & Baboüe. L'union, la gayeté, l'efprit & les graces furent l'ame de ce répas ; apprenez, lui dit la belle Dame, chez laquelle il foupoit, que celles qu'on appelle quelques fois de malhonnêtes femmes ont prefque toujours le mérite d'un très-honnête homme, & pour vous en convaincre, venez demain dîner avec moi chez la belle Téone. Il y a quelques vieilles Veftales qui la déchirent ; mais elle fait plus de bien qu'elles toutes enfemble. Elle ne commettroit pas une legére injuftice pour le plus grand intérêt ; elle ne donne à fon amant que des confeils généreux ; elle n'eft occupée que de fa gloire ; il rougiroit devant elle s'il avoit laiffé échapper une occafion de faire du bien, car rien n'encourage plus aux actions vertueufes que d'avoir pour temoin & pour juge de fa conduite une Maîtreffe dont on veut mériter l'eftime.

Baboüe ne manqua pas au rendez-vous. Il vit une maifon où régnoient tous les plaifirs ; Téone régnoit fur eux ; elle favoit parler à chacun fon langage. Son efprit naturel mettoit à fon aife celui des autres, elle plaifoit fans prefque le vouloir, elle étoit auffi aimable que bienfaifante, & ce qui augmentoit le prix de toutes fes bonnes qualités, elle étoit belle.

Baboüe, tout Scite & tout envoyé qu'il étoit d'un Génie, s'apperçut que s'il reftoit encor à Perfépolis, il oublieroit Ituriel pour Téone. Il s'affectionnoit à la ville dont le peuple étoit poli, doux & bienfaifant, quoique leger, médifant & plein de vanité. Il craignoit que Perfépolis ne fut condamnée; il craignoit même le compte qu'il alloit rendre.

Voici

Voici comme il s'y prit pour rendre ce compte. Il fit faire par le meilleur fondeur de la ville une petite ſtatuë compoſée de tous les métaux des terres & des pierres les plus prétieuſes & les plus viles, il la porta à Ituriel, caſſerez-vous, dit-il, cette jolie ſtatuë parceque tout n'y eſt pas or & diamans? Ituriel entendit à demi-mot ; il reſolut de ne pas même ſonger à corriger Perſépolis , & de laiſſer aller le monde comme il va. Car dit-il : *Si tout n'eſt pas bien*, tout eſt paſſable.

DISCOURS

DE Mr. DE *VOLTAIRE*

A SA RECEPTION

A

L'ACADEMIE FRANCAISE

AVEC DES NOTES.

LUNDI 9. MAI, 1746.

MESSIEURS,

Votre Fondateur mit dans votre établissement toute la noblesse & la grandeur de son ame : il voulut que vous fussiez toujours libres & égaux. En effet, il dut élever au-dessus de la dépendance, des hommes qui étoient au-dessus de l'intérêt, & qui, aussi généreux que lui, faisoient aux Lettres [a] l'honneur qu'elles méritent, de les cultiver pour elles-mêmes [a]. Il étoit peut-être à craindre qu'un jour des travaux si honorables ne se rallentissent. Ce fut pour les conserver dans leur vigueur, que vous vous fîtes une régle de n'admettre aucun Académicien, qui ne résidât dans Paris. Vous vous êtes écartés sagement de cette loi, quand vous avez reçu de ces génies rares que leurs dignités appelloient ailleurs ; mais que leurs ouvrages touchans ou sublimes rendoient toujours présens parmi vous : car ce seroit violer l'esprit d'une loi, que de n'en pas transgresser la lettre en faveur des grands hommes. Si feu M. le Président Bouhier, après s'être flatté de vous consacrer ses jours, fut obligé de les passer loin de vous, l'Aca-

a) L'Académie Françaife est la plus ancienne de France ; elle fut d'abord composée de quelques gens de Lettres, qui s'assembloient pour conférer ensemble. Elle n'est point partagée en Honoraires & Pensionaires. Elle n'a que des droits honorifiques, comme celui des commensaux de la maison du Roi, de ne point plaider hors de Paris, celui de haranguer le Roi en corps avec les cours supérieures, & de ne rendre compte directement qu'au Roi.

l'Académie & lui fe confolérent, parce qu'il n'en cultivoit pas moins vos fciences dans la ville de Dijon, qui a
produit tant d'hommes de Lettres [b], & où le mérite de l'efprit femble être un des caractéres des citoyens.

Il faifoit reffouvenir la France de ces tems où les
plus auftéres Magiftrats, confommés comme lui dans
l'étude des Loix, fe délaffoient des fatigues de leur état
dans les travaux de la Littérature. Que ceux qui mépri-
fent ces travaux aimables; que ceux qui mettent je ne fais
quelle miférable grandeur à fe renfermer dans le cercle
étroit de leurs emplois, font à plaindre! Ignorent-ils que
Cicéron, après avoir rempli la première place du monde,
plaidoit encore les caufes des citoyens, écrivoit fur la Nature des Dieux, conféroit avec des Philofophes; qu'il
alloit au Théatre; qu'il daignoit cultiver l'amitié d'Efo-
pus & de Rofcius, & laiffoit aux petits efprits leur con-
ftante gravité, qui n'eft que le mafque de la médiocrité?

Monfieur le Préfident Bouhier étoit très-favant;
mais il ne reffembloit pas à ces Savans infociables & inutiles, qui négligent l'étude de leur propre langue, pour
favoir imparfaitement des langues anciennes; qui fe croyent
en droit de méprifer leur fiècle, parce qu'ils fe flattent
d'avoir quelques connaiffances des fiècles paffés; qui fe
récrient fur un paffage d'Efchyle, & n'ont jamais eu le
plaifir de verfer des larmes à nos fpectacles.

Il traduifit le Poëme de Pétrone fur la Guerre Civile, non qu'il penfât que cette déclamation pleine de pen-
fées

b) Mrs. de la Monoye, Bouhier, Lantin, & furtout l'éloquent Boffuet Evèque de Meaux, regardé comme le dernier Pere de l'Eglife.

c) St. Evremont admire Pétrone, parcequ'il le prend pour un grand Homme de Cour, & que St. Evremont croyoit en être un. C'étoit la manie du tems. St. Evre-mont & beaucoup d'autres décident que Néron eft peint fous le nom de Trimalcion; mais en verité, quel rapport d'un vieux Financier groffier & ridicule & de fa vieille femme qui n'eft qu'une Bourgeoife impertinente, qui fait mal au cœur, avec un jeune Empereur & fon Epoufe la jeune Octavie,

fées fauffes, approchât de la fage & élégante nobleffe de
Virgile : il favoit que la Satire de Pétrone *c*, quoique fe-
mée de traits charmans , n'eft que le caprice d'un jeune homme obfcur, qui n'eut de frein ni dans fes mœurs,
ni dans fon ftile. Des hommes qui fe font donnés pour
des Maîtres de goût & de volupté, eftiment tout dans
Pétrone ; & M. Bouhier plus éclairé, n'eftime pas même
tout ce qu'il a traduit : c'eft un des progrès de la raifon
humaine dans ce fiécle, qu'un Traducteur ne foit plus
idolâtre de fon Auteur , & qu'il fache lui rendre juftice
comme à un contemporain.

Il exerça fes talens fur ce Poëme, fur l'Hymne à
Venus, fur Anacréon, pour montrer que les Poëtes doivent être traduits en vers : c'étoit une opinion qu'il défendoit avec chaleur, & on ne fera pas étonné que je me
range à fon fentiment.

Qu'il me foit permis, MESSIEURS, d'entrer ici
avec vous dans ces difcuffions littéraires ; mes doutes me
vaudront de vous des décifions. C'eft ainfi que je pourrai contribuer au progrès des Arts ; & j'aimerois mieux
prononcer devant vous un Difcours utile, qu'un Difcours
éloquent.

Pourquoi Homére, Théocrite, Lucréce, Virgile,
Horace, font-ils heureufement traduits chez les Italiens
& chez les Anglais *d* ? Pourquoi ces nations n'ont-elles
aucun.

Octavie, ou la jeune Popée? Quel
rapport des débauches & des lar-
cins de quelques écoliers fripons avec les plaifirs du Maître
du monde ? Le Petrone, Auteur
de la Satire , eft vifiblement un
jeune homme d'efprit, élevé parmi
des debauchés obfcurs , & n'eft
pas le Conful Petrone.

d) Horace eft traduit en vers
Italiens par Palavicini, Virgile par
Hannibal Caro, Ovide par Anguil-
lara, Théocrite par Ricolotti. Les
Italiens ont cinq bonnes traductions
d'Anacréon. A l'égard des An-
glais, Dryden a traduit Virgile,
& Juvenal, Pope Homére, Creech.
Lucréce, &c.

aucun grand Poëte de l'Antiquité en profe, & pourquoi n'en avons-nous encore eu aucun en vers ? Je vais tâcher d'en démêler la raifon.

La difficulté furmontée dans quelque genre que ce puiffe être, fait une grande partie du mérite. Point de grandes chofes fans de grandes peines : & il n'y a point de nation au monde, chez laquelle il foit plus difficile que chez la nôtre, de rendre une véritable vie à la Poëfie ancienne.

Les premiers Poëtes formérent le génie de leur langue ; les Grecs & les Latins employérent d'abord la Poëfie à peindre les objets fenfibles de toute la Nature. Homére exprime tout ce qui frappe les yeux : les Français, qui n'ont guère commencé à perfectionner la grande Poëfie qu'au Théatre, n'ont pû & n'ont dû exprimer alors que ce qui peut toucher l'ame.

Nous nous fommes interdits nous - mêmes infenfiblement prefque tous les objets que d'autres Nations ont ofé peindre. Il n'eft rien que le Dante n'exprimât, à l'exemple

ple

---

e) On n'a pû dans un difcours d'appareil entrer dans les raifons de cette difficulté attachée à notre Poëfie, elle vient du génie de la langue ; car quoique Mr. de la Motte & beaucoup d'autres après lui ayent dit en pleine Académie que les langues n'ont point de génie, il paraît demontré que chacune a le fien bien marqué.

Ce génie eft l'aptitude à rendre heureufement certaines idées, & l'impoffibilité d'en exprimer d'autres avec fuccès. Ces fecours & ces obftacles naiffent 1) De la definence des termes. 2) Des verbes auxiliaires & des participes. 3) Du nombre plus ou moins grand des rimes. 4) De la longueur & de la brieveté des mots. 5) Des cas plus ou moins variés. 6) Des articles & pronoms. 7) Des élifions. 8) De l'inverfion. 9) De la quantité dans les fillabes. Et enfin d'une infinité de fineffes, qui ne font fenties que par ceux qui ont fait une Etude aprofondie d'une langue.

1) La definence des mots comme perdre, vaincre, un coin, fucre, rafte, crotte, perdx, fourdre, fief, coffre, ces fillabes dures revoltent l'oreille, & c'eft le partage de toutes les langues du Nord.

2) *Le*

ple des Anciens : il accoutuma les Italiens à tout dire ; mais nous, comment pourrions-nous aujourd'hui imiter l'Auteur des Géorgiques, qui nomme fans détour tous les inftrumens de l'Agriculture ? A peine les connaiffons-nous, & notre molleffe orgueilleufe dans le fein du repos & du luxe de nos villes, attache malheureufement une idée baffe à ces travaux champêtres, & au détail de ces Arts utiles, que les maîtres & les législateurs de la Terre cultivoient de leurs mains victorieufes.

Si nos bons Poëtes avoient fû exprimer heureufement les petites chofes, notre langue ajouteroit aujourd'hui ce mérite, qui eft très-grand, à l'avantage d'être devenuë la première langue du monde pour les charmes de la converfation, & pour l'expreffion du fentiment. Le langage du cœur & le ftile du Théatre ont entiérement prévalu : ils ont embelli la langue Françaife ; mais ils en ont refferré les agrémens dans des bornes un peu trop étroites.

Et quand je dis ici, MESSIEURS, que ce font les grands Poëtes qui ont détermine le génie des langues ᵉ,

H 2   je

---

2) *Les verbes auxiliaires & les participes* Victis hoftibus, les ennemis ayant été vaincus. Voilà quatre mots pour deux. *Læfo & invicto militi.* C'eft l'infcription des Invalides de Berlin, fi on va traduire, *pour les Soldats qui ont été bleffés & qui n' ont pas été vaincus.* Quelle langüeur ? Voilà pourquoi la langue latine eft plus propre aux infcriptions que la Françaife.

3) *Le nombre des rimes.* Ouvrez un dictionnaire de rimes Italiennes, & un des rimes Françaifes, vous trouvez toujours une fois plus de termes dans l'Italien &

vous remarquerez encore, que dans les Français il y a toujours vingt rimes burlesques & baffes pour deux qui peuvent entrer dans le ftile noble.

4) *La longueur & la brieveté des mots.* C'eft ce qui rend une langue plus ou moins propre à l'expreffion de certaines maximes, & à la méfure de certains vers.

On n'a jamais pû rendre en Français dans un beau vers :

Quanto fi moftra men tanto è piu bella.

On n'a jamais pû traduire en beaux vers Italiens :

Tel

je n'avance rien qui ne soit connu de vous. Les Grecs n'écrivirent l'Histoire que quatre cens ans après Homére. La langue Grecque reçut de ce grand peintre de la Nature la supériorité qu'elle prit chez tous les peuples de l'Asie & de l'Europe : c'est Térence qui chez les Romains parla le premier avec une pureté toujours élégante; c'est Pétrarque qui après le Dante, donna à la langue Italienne cette aménité & cette grace qu'elle a toujours conservées. C'est à Lopés de Vega, que l'Espagnol doit sa noblesse & sa pompe ; c'est Shakespear, qui tout barbare qu'il étoit, mit dans l'Anglais cette force & cette énergie qu'on n'a jamais pû augmenter depuis, sans l'outrer, & par conséquent sans l'affaiblir. D'où vient ce grand effet de la Poésie, de former & fixer enfin le génie des peuples & de leurs langues ? La cause en est bien sensible : les premiers bons vers, ceux-mêmes qui n'en ont que l'apparence, s'impriment dans la mémoire à l'aide de l'harmonie. Leurs tours naturels & hardis deviennent familiers ; les hommes qui sont tous nés imitateurs, prennent insensiblement la maniére de s'exprimer, & même de penser, des premiers dont l'imagination a subjugué celle des autres. Me désavouerez-vous donc, Messieurs, quand je dirai, que le vrai mérite & la réputation de notre langue ont commencé à l'auteur du Cid & de Cinna ?

Mon-

Tel brille au second rang, qui s'éclipse au premier.
C'est un poids bien pesant qu'un nom trop tôt fameux.

5) *Les cas plus ou moins variés.* Mon pere, de mon pere, à mon pere; *meus pater, mei patris, meo patri;* cela est sensible.

6) *Les articles & pronoms. De ipsius negotio ei loquebatur;* con ello parlava dell'affare di lui; il lui parloit de son affaire. Point d'amphibologie dans le Latin. Elle est presque inevitable dans le Français. On ne sait si *son* affaire est celle de l'homme qui parle, ou de celui auquel on parle; le pronom, il se retranche en Latin, & fait languir l'Italien & le Français.

7) *Les élisions.*
Canto l'arme pietose, e il capitano.

Nous ne pouvons dire :

Chantons la pieté & la vertu heureuse.

8) *Les*

Montagne avant lui étoit le feul livre qui attirât l'attention du petit nombre d'Etrangers qui pouvoient favoir le Français ; mais le ftile de Montagne n'eft ni pur, ni correct, ni précis, ni noble. Il eft énergique & familier ; il exprime naïvement de grandes chofes : c'eft cette naïveté qui plaît ; on aime le caractére de l'Auteur ; on fe plaît à fe retrouver dans ce qu'il dit de lui-même, à converfer, à changer de difcours & d'opinion avec lui. J'entends fouvent regretter le langage de Montagne, c'eft fon imagination qu'il faut regretter : elle étoit forte & hardie ; mais fa langue étoit bien loin de l'être.

Marot qui avoit formé le langage de Montagne, n'a prefque jamais été connu hors de fa patrie ; il a été goûté parmi nous pour quelques contes naïfs, pour quelques épigrammes licentieufes, dont le fuccès eft prefque toujours dans le fujet ; mais c'eft par ce petit mérite même que la langue fut long-tems avilie : on écrivit dans ce ftile les Tragédies, les Poëmes, l'Hiftoire, les livres de Morale.

Le judicieux Defpréaux a dit : *Imitez de Marot l'élégant badinage,* J'ofe croire qu'il auroit dit le *naïf* badinage, fi ce mot plus vrai n'eût rendu fon vers moins coulant. Il n'y a de véritablement bons ouvrages, que

H 3

ceux

---

8) *Les inverfions.* Céfar cultiva tous les arts utiles ; on ne peut tourner cette phrafe que de cette feule façon. On peut dire en Latin de cent vingt façons differentes ;

Cæfar omnes utiles artes coluit.

Quelle incroyable difference ?

9) *La quantité dans les fillabes.* C'eft de-là que naît l'harmonie. Les breves & les longues des Latins forment une vraye mufique.

Plus une langue approche de ce merite, plus elle eft harmonieufe. Voyez les vers Italiens, la penultieme eft toujours longue :

Capitâno, mâno, femîo, chrîfto, acquîfto.

Chaque langue a donc fon génie que des hommes fuperieurs fentent les premiers, & font fentir aux autres. Ils font éclore ce génie caché de la langue.

ceux qui paffent chez les nations étrangères, qu'on y apprend, qu'on y traduit ; & chez quel peuple a-t-on jamais traduit Marot ?

Notre langue ne fut long-tems après lui qu'un jargon familier, dans lequel on réüffiffoit quelquefois à faire d'heureufes plaifanteries ; mais quand on n'eft que plaifant, on n'eft point admiré des autres nations.

Enfin Malherbe vint, & le premier en France

Fit fentir dans les vers une jufte cadence,

D'un mot mis en fa place enfeigna le pouvoir.

Si Malherbe montra le premier ce que peut le grand Art des expreffions placées, il eft donc le premier qui fut *élégant.* Mais quelques Stances harmonieufes fuffifoient-elles pour engager les Etrangers à cultiver notre langage ? Ils lifoient le Poëme admirable de la Jerufalem, l'Orlando, le Paftor Fido, les beaux morceaux de Pétrarque. Pouvoit-on affocier à ces chef-d'œuvres un très-petit nombre de vers Français, bien écrits à la vérité, mais faibles & prefque fans imagination.

La langue Françaife reftoit donc à jamais dans la médiocrité, fans un de ces génies faits pour changer & pour élever l'efprit de toute une nation : c'eft le plus grand de vos premiers Académiciens, c'eft Corneille feul, qui commença à faire refpecter notre langue des Etrangers, précifément dans le tems que le Cardinal de Richelieu commençoit à faire refpecter la Couronne. L'un & l'autre portérent notre gloire dans l'Europe. Aprés Corneille font venus, je ne dis pas de plus grands génies, mais de meilleurs écrivains. Un homme s'éleva, qui fut à la fois plus paffionné & plus correct ; moins varié,

mais

mais moins inégal ; auſſi ſublime quelquefois, & toujours noble ſans enflure ; jamais déclamateur, parlant au
cœur avec plus de vérité, & plus de charmes.

Un de leurs contemporains, incapable peut-être
du ſublime qui éléve l'ame, & du ſentiment qui l'atten-
drit, mais fait pour éclairer ceux à qui la nature accorda l'un & l'autre, laborieux, ſévère, précis, pur, harmonieux, qui devint enfin le Poëte de la raiſon, commença malheureuſement par écrire des Satires, mais bien-
tôt après il égala & ſurpaſſa peut-être Horace dans la
Morale & dans l'art Poëtique : il donna les préceptes &
les exemples ; il vit qu'à la longue l'art d'inſtruire, quand
il eſt parfait, réüſſit mieux que l'art de médire, parceque la
Satire meurt avec ceux qui en ſont les victimes, & que
la raiſon & la vertu ſont éternelles. Vous eutes en tous
les genres cette foule de grands hommes, que la nature
fit naître, comme dans le ſiécle de Léon X & d'Auguſte. C'eſt alors que les autres peuples ont cherché avidement dans vos Auteurs de quoi s'inſtruire : & graces
en partie aux ſoins du Cardinal de Richelieu, ils ont
adopté votre langue ; comme ils ſe ſont empreſſés de ſe
parer des travaux de nos ingénieux Artiſtes, graces aux
ſoins du grand Colbert.

Un Monarque illuſtre chez tous les hommes par
cinq victoires, & plus encore chez les Sages par ſes va-
ſtes connaiſſances, fait de notre langue la ſienne propre,
celle de ſa Cour & de ſes Etats ; il la parle avec cette
force & cette fineſſe que la ſeule étude ne donne jamais,
& qui eſt le caractére du génie : non ſeulement il la cul-
tive, mais il l'embellit quelquefois, parceque les ames
ſupérieures ſaiſiſſent toujours ces tours & ces expreſſions
dignes d'elles, qui ne ſe préſentent point aux ames
faibles. Il eſt dans Stockolm une nouvelle Chriſtine,

H 4   égale

égale à la premiére en esprit, supérieure dans le reste;
elle fait le même honneur à notre langue. Le Français
est cultivé dans Rome, où il étoit dédaigné autrefois; il
est aussi familier au Souverain Pontife, que les langues
savantes dans lesquelles il écrivit, quand il instruisit le
monde Chrétien qu'il gouverne: plus d'un Cardinal
Italien écrit en Français dans le Vatican, comme s'il
étoit né à Versailles.

Vos ouvrages, MESSIEURS, ont pénétré jusqu'à
cette Capitale de l'Empire le plus reculé de l'Europe &
de l'Asie, & le plus vaste de l'Univers; dans cette ville,
qui n'étoit, il y a quarante ans, qu'un désert *f* habité par
des bêtes sauvages: on y représente vos pièces Drama-
tiques; & le même goût naturel qui fait recevoir dans la
ville de Pierre le Grand, & de sa digne fille, la musique des Italiens, y fait aimer votre éloquence.

Cet honneur qu'ont fait tant de peuples à nos excellens Ecrivains, est un avertissement que l'Europe nous
donne de ne pas dégénerer. Je ne dirai pas que tout
se précipite vers une honteuse décadence, comme le
crient si souvent des satiriques qui prétendent en secret
justifier leur propre faiblesse, par celle qu'ils imputent
en public à leur siécle. J'avoüe que la gloire de nos
armes se soutient mieux que celle de nos Lettres: mais
le feu qui nous éclairoit, n'est pas encore éteint. Ces
derniéres années n'ont-elles pas produit le seul livre de
Chronologie, dans lequel on ait jamais peint les mœurs
des hommes, le caractére des Cours & des siécles *g*? Ouvrage, qui, s'il étoit sechement instructif, comme tant
d'au-

---

f) L'endroit où est Petersbourg
n'étoit qu'un desert marécageux
& inhabité.

g) C'est le Président Hénaut.

Dans quelques traductions de ce
discours, on a mis en note l'Abbé
Langlet, au-lieu de Mr. Hénaut;
c'est une étrange méprise.

d'autres, feroit le meilleur de tous, & dans lequel l'Auteur a trouvé encore le fecret de plaire ; partage réfervé au très-petit nombre d'hommes qui font fupérieurs à leurs ouvrages.

On a montré la caufe du progrès & de la chûte de l'Empire Romain dans un livre encore plus court, écrit par un génie mâle & rapide [b] qui approfondit tout en paraiffant tout effleurer. Jamais nous n'avons eu de Traducteurs plus élégans & plus fidéles. De vrais Philofophes ont enfin écrit l'hiftoire. Un homme éloquent & profond [i] s'eft formé dans le tumulte des armes. Il eft plus d'un de ces efprits aimables, que Tibulle & Ovide euffent regardés comme leurs difciples, & dont ils euffent voulu être les amis. Le Théatre, je l'avouë, eft menacé d'une chûte prochaine ; mais au moins je vois ici ce génie véritablement tragique [k], qui m'a fervi de maître, quand j'ai fait quelques pas dans la même carriére ; je le regarde avec une fatisfaction mêlée de douleur, comme on voit fur les débris de fa patrie un Héros qui l'a défenduë. Je compte parmi vous ceux qui ont après le grand Moliere achevé de rendre la Comédie une école de mœurs & de bienféance ; école qui méritoit chez les Français la confidération qu'un Théatre moins épuré eut dans Athénes. Si l'homme célébre, qui le premier orna la Philofophie des graces de l'imagination appartient à un tems plus reculé, il eft encore l'honneur & la confolation du vôtre.

Les grands talens font toujours néceffairement rares ; fur-tout quand le goût & l'efprit d'une nation font

H 5 for-

---

b) Le Préfident de Montefquieu.
i) Le Marquis de Vauvenargues, jeune homme de la plus grande efperance mort à 27 ans.

k) Mr. Crébillon, Auteur d'Electre & Radamifte. Ces piéces remplies de traits vrayement tragiques font fouvent jouées.

formés. Il en est alors des esprits cultivés, comme de ces forêts, où les arbres pressés & élevés ne souffrent pas qu'aucun porte sa tête trop au-dessus des autres. Quand le commerce est en peu de mains, on voit quelques fortunes prodigieuses, & beaucoup de misére; lorsqu'enfin il est plus étendu, l'opulence est générale, les grandes fortunes rares. C'est précisément, Messieurs, parce qu'il y a beaucoup d'esprit en France qu'on y trouvera dorénavant moins de génies supérieurs.

Mais enfin, malgré cette culture universelle de la nation, je ne nierai pas que cette langue devenuë si belle, & qui doit être fixée par tant de bons ouvrages, peut se corrompre aisément. On doit avertir les étrangers, qu'elle perd déja beaucoup de sa pureté dans presque tous les livres composés dans cette célébre République, si long-tems notre Alliée, où le Français est la langue dominante, au milieu des factions contraires à la France. Mais si elle s'altère dans ces païs par le mélange des idiômes, elle est prête à se gâter parmi nous par le mélange des stiles. Ce qui déprave le goût, déprave enfin le langage. Souvent on affecte d'égayer des ouvrages sérieux & instructifs par les expressions familières de la conversation. Souvent on introduit le stile Marotique dans les sujets les plus nobles; c'est revêtir un Prince des habits d'un farceur. On se sert de termes nouveaux, qui sont inutiles, & qu'on ne doit hazarder que quand ils sont nécessaires. Il est d'autres défauts, dont je suis encore plus frappé, parceque j'y suis tombé plus d'une fois. Je trouverai parmi vous, Messieurs, pour m'en garantir, les secours que l'homme éclairé à qui je succède, s'étoit donnés par ses études. Plein de la lecture de Cicéron, il en avoit tiré ce fruit de s'étudier à parler sa langue, comme ce Consul parloit la sienne.

Mais

Mais c'eft fur-tout à celui qui a fait fon étude particuliére des ouvrages de ce grand Orateur, & qui étoit l'ami
de M. le Préfident Bouhier, à faire revivre ici l'éloquence de l'un, & à vous parler du mérite de l'autre. Il a
aujourd'hui à la fois un ami à regretter & à célébrer ; un
ami à recevoir & à encourager. Il peut vous dire avec
plus d'éloquence, mais non avec plus de fenfibilité que
moi, quels charmes l'amitié répand fur les travaux des
hommes confacrés aux lettres, combien elle fert à les
conduire, à les corriger, à les exciter, à les confoler ;
combien elle infpire à l'ame cette joye douce & re-
cueillie, fans laquelle on n'eft jamais le maître de fes
idées.

C'eft ainfi que cette Académie fut d'abord formée.
Elle a une origine encore plus noble que celle qu'elle reçut
du Cardinal de Richelieu même : c'eft dans le fein de
l'amitié qu'elle prit naiffance. Des hommes unis en-
tr'eux par ce lien refpectable & par le goût des beaux
arts, s'affembloient fans fe montrer à la renommée ; ils
furent moins brillans que leurs fucceffeurs, & non moins
heureux. La bienféance, l'union, la candeur, la faine
critique fi oppofée à la fatire, formérent leurs affem-
blées. Elles animeront toujours les vôtres, elles feront
l'éternel exemple des gens de lettres, & ferviront peut-
être à corriger ceux qui fe rendent indignes de ce nom.
Les vrais amateurs des arts font amis. Qui eft plus que
moi en droit de le dire ? J'oferois m'étendre, MES-
SIEURS, fur les bontés dont la plûpart d'entre vous
m'honorent, fi je ne devois m'oublier pour ne vous
parler que du grand objet de vos travaux, des intérêts
devant qui tous les autres s'évanouïffent, de la gloire de
la Nation.

Je

Je fais combien l'efprit fe dégoûte aifément des éloges ; je fais que le Public, toujours avide de nouveautés, penfe que tout eft épuifé fur votre Fondateur & fur vos Protecteurs ; mais pourrois-je réfufer le tribut que je dois, parceque ceux qui l'ont payé avant moi, ne m'ont laiffé rien de nouveau à vous dire ? Il en eft de ces éloges qu'on répéte, comme de ces folennités qui font toujours les mêmes, & qui réveillent la mémoire des événemens chers à un peuple entier ; elles font néceffaires. Célébrer des hommes tels que le Cardinal de Richelieu, & Louïs XIV ; un Seguier, un Colbert, un Turenne, un Condé ; c'eft dire à haute voix, *Rois, Miniftres, Généraux à venir, imitez ces grands hommes.* Ignore-t-on que le Panégyrique de Trajan anima Antonin à la vertu? & Marc-Aurele le premier des Empereurs & des hommes, n'avouë-t-il pas dans fes écrits l'émulation que lui infpirérent les vertus d'Antonin?

Lorfqu' Henri IV entendit dans le Parlement nommer Louïs XII *le Pére du peuple*, il fe fentit pénétré du defir de l'imiter, & il le furpaffa.

Penfez-vous, Messieurs, que les honneurs rendus par tant de bouches à la mémoire de Louïs XIV, ne fe foient pas fait entendre au cœur de fon Succeffeur, dès fa première enfance ? On dira un jour que tous deux ont été à l'immortalité, tantôt par les mêmes chemins, tantôt par des routes différentes. L'un & l'autre feront femblables, en ce qu'ils n'ont différé à fe charger du poids des affaires que par reconnaiffance ; & peut-être

c'eft

c'eſt en cela qu'ils ont été le plus grands   La poſtérité
dira que tous deux ont aimé la juſtice, & ont commandé
leurs armées.   L'un recherchoit avec éclat la gloire qu'il
méritoit, il l'appelloit à lui du haut de ſon Trône, il
en étoit ſuivi dans ſes conquêtes, dans ſes entrepriſes, il
en rempliſſoit le monde, il déployoit une ame ſublime
dans le bonheur & dans l'adverſité, dans ſes camps, dans
ſes palais, dans les Cours de l'Europe & de l'Aſie : les
terres & les mers rendoient témoignage à ſa magnificen-
te, & les plus petits objets, ſitôt qu'ils avoient à lui
quelque rapport, prenoient un nouveau caractére, & re-
cevoient l'empreinte de ſa grandeur.

L'autre protége des Empereurs & des Rois, ſubju-
gue des provinces, interrompt le cours de ſes conquêtes
pour aller ſecourir ſes ſujets, & y vole du ſein de la mort,
dont il eſt à peine échappé. Il remporte des victoires,
il fait les plus grandes choſes avec une ſimplicité, qui
feroit penſer que ce qui étonne le reſte des hommes, eſt
pour lui dans l'ordre le plus commun & le plus ordinaire. Il cache la hauteur de ſon ame, ſans s'étudier même à la cacher ; & il ne peut en affaiblir les rayons, qui
en perçant malgré lui le voile de ſa modeſtie, y prennent
un éclat plus durable.

Louis XIV ſe ſignala par des monumens admirables,
par l'amour de tous les arts, par les encouragemens
qu'il leur prodiguoit : ô vous ſon auguſte Succeſſeur,
vous l'avez déja imité, & vous n'attendez que cette paix
que vous cherchez par des victoires, pour remplir tous

vos

vos projets bienfaisans, qui demandent des jours tran-
quilles.

Vous avez commencé vos triomphes dans la même
province, où commencérent ceux de votre bisayeul, &
vous les avez étendus plus loin. Il regretta de n'avoir
pû dans le cours de ses glorieuses campagnes forcer un
ennemi digne de lui, à mesurer ses armes avec les siennes en bataille rangée. Cette gloire qu'il desira, vous
en avez joui. Plus heureux que le Grand Henri, qui ne
remporta presque de victoires que sur sa propre Nation,
vous avez vaincu les éternels & intrépides ennemis de la
vôtre. Votre fils, après vous l'objet de nos vœux & de
notre crainte, apprit à vos côtés à voir le danger & le
malheur même sans être troublé, & le plus beau triom-
phe sans être ébloui. Lorsque nous tremblions pour
vous dans Paris, vous étiez au milieu d'un champ de car-
nage, tranquille dans les momens d'horreur & de con-
fusion, tranquille dans la joye tumultueuse de vos soldats victorieux : vous embrassiez ce Général qui n'avoit
souhaité de vivre que pour vous voir triompher ; cet homme que vos vertus & les siennes ont fait votre sujet, que
la France comptera toujours parmi ses enfans les plus
chers & les plus illustres. Vous récompensiez déja par
votre témoignage & par vos éloges tous ceux qui avoient
contribué à la victoire ; & cette récompense est la plus
belle pour des Français.

Mais ce qui sera conservé à jamais dans les Fastes de
l'Académie, ce qui est précieux à chacun de vous, Mes-
SIEURS,

SIEURS, ce fut l'un de vos confréres qui fervit le plus votre Protecteur & la France dans cette journée : ce fut lui, qui, après avoir volé de brigade en brigade, après avoir combattu en tant d'endroits différens, courut donner & exécuter ce confeil fi prompt, fi falutaire, fi avidement reçû par le Roi, dont la vûë difcernoit tout dans des momens où elle peut s'égarer fi aifément.

Jouïffez, MESSIEURS, du plaifir d'entendre dans cette affemblée ces propres paroles, que votre Protecteur dit au neveu *l* de votre Fondateur fur le champ de bataille : *Je n'oublierai jamais le fervice important que vous m'avez rendu.* Mais fi cette gloire particuliére vous eft chére, combien font chéres à toute la France, combien le feront un jour à l'Europe, ces démarches pacifiques que fit Louïs XV, après fes victoires ! Il les fait encore, il ne court à fes ennemis que pour les défarmer, il ne veut les vaincre que pour les fléchir. S'ils pouvoient connaître le fond de fon cœur, ils le feroient leur arbitre au lieu de le combattre ; & ce feroit peut-être le feul moyen d'obtenir fur lui des avantages *m*. Les vertus qui le font craindre, leur ont été connuës, dès qu'il a commandé : celles qui doivent ramener leur confiance, qui doivent être le lien des nations, demandent plus de tems pour être approfondies par des ennemis.

Nous, plus heureux, nous avons connu fon ame dès qu'il a régné. Nous avons penfé, comme penferont tous les peuples & tous les fiécles : jamais amour ne fut
ni

---

l) Le Duc de Richelieu.   1748, ce que difoit M. de V. en
m) L'événement a juftifié en   1746.

ni plus vrai, ni mieux exprimé : tous nos cœurs le fentent, & vos bouches éloquentes en font les interprétes. Des médailles dignes des plus beaux tems de la Gréce*, éternifent fes triomphes & notre bonheur. Puiffe-je voir dans nos places publiques, ce Monarque humain, fculpté des mains de nos Praxiteles, environné de tous les fymboles de la félicité publique ! Puiffe-je lire aux pieds de fa ftatuë ces mots qui font dans nos cœurs, *Au Pére de la Patrie !*

LA

*) Les médailles frappées au Louvre font au-deffus des plus belles de l'antiquité ; non pas pour les legendes, mais pour le deffein & la beauté des coins.

LA
PRUDE
OU LA
GARDEUSE DE CASSETTE.

COMEDIE EN CINQ ACTES
EN VERS DE DIX SILLABES.

ACTEURS.

MDE. DE DORFISE, Veuve.

MDE. DE BURLET, sa Cousine.

COLLETTE, Suivante de Dorfise.

BLANFORD, Capitaine de Vaisseau.

DARMIN, son Ami.

BARTOLIN, Caissier.

Le Chevalier MONDOR.

ADINE, Niéce de Darmin déguisée en
jeune Grec.

La Scène est à Marseille.

ACTE

ACTE I.

SCENE I.

DARMIN, ADINE.

ADINE *habillée en Grec.*

Ah! mon cher Oncle! ah quel cruel voyage!
Que de dangers! quel étrange équipage!
Il faut encor cacher fous un Turban
Mon nom, mon cœur, mon fexe, & mon tourment?

DARMIN.

Nous arrivons : je te plains; mais, ma niéce,
Lorfque ton pere eft mort Conful en Grece,
Quand nous étions tous deux après fa mort
Privés d'Amis, de biens & de fupport,
Que ta beauté, tes graces, ton jeune âge,
N'étoient pour toi, qu'un funefte avantage,
Pour comble enfin, quand un maudit Pacha,
Si vivement de toi s'amourachá,

Que

Que faire alors ? ne fus-tu pas réduite
A te cacher, te masquer, partir vîte?

ADINE.

D'autres dangers sont préparés pour moi.

DARMIN.

Ne rougis point, ma niéce, calme toi.
Car à la hâte avec nous embarquée,
Vêtuë en homme, en jeune Turc masquée,
Tu ne pouvois, ma niéce, honnêtement
Te dépétrer de cet accoutrement,
Prendre du sexe & l'habit & la mine,
Devant les yeux de vingt gardes Marine,
Qui tous étoient plus dangereux pour toi,
Qu'un vieux Pacha n'ayant ni foi, ni loi.
Mais par bonheur, tout s'arrange à merveille,
Et nous voici débarqués dans Marseille,
Loin des Pachas, & près de tes parens,
Chez des Français tous fort honnêtes gens.

ADINE.

Ah! Blanford est honnête homme sans doute;
Mais que de maux, tant de vertu me coute !
Falloit-il donc avec lui revenir?

DARMIN.

Ton defunt Pere à lui devoit t'unir;
Et cet himen, dans ta plus tendre enfance,
Fit autre fois sa plus douce espérance.

ADI-

A D I N E.

Qu'il se trompoit !

D A R M I N.

Blanford à tes beaux yeux
Rendra justice en te connaissant mieux.
Peut-il long-tems se coëffer d'une Prude,
Qui de tromper fait son unique étude ?

A D I N E.

On la dit belle ; il l'aimera toujours ;
Il est constant .   .   .

D A R M I N.

Bon ! qui l'est en amours ?

A D I N E.

Je crains Dorsise.

D A R M I N.

Elle est trop intriguante.
Sa pruderie est, dit-on, trop galante,
Son cœur est faux, ses propos médisans ;
Ne crains rien d'elle ; on ne trompe qu'un tems.

A D I N E.

Ce tems est long, ce tems me desespére,
Dorsise trompe ! & Dorsise a sû plaire !

D A R M I N.

Mais après tout, Blanford t'est-il si cher ?

A D I N E.

Oui, dès ce jour, où deux vaisseaux d'Alger,

I 3

Si

Si vivement fur les flots l'attaquérent,
Ah ! que pour lui, tous mes fens fe troublérent !
Dans mes frayeurs, un fentiment bien doux
M'intereffoit pour lui comme pour vous,
Et courageufe, en devenant fi tendre,
Je fouhaitois être homme , & le défendre.
Songez-vous bien , que lui feul me fauva,
Quand fur les eaux notre vaiffeau brula ?
Ciel, que j'aimai fes vertus, fon courage!
Qui dans mon cœur ont gravé fon image.

DARMIN.

Oui, je conçois qu'un cœur réconnaiffant
Pour la vertu peut avoir du penchant;
Trente ans à peine , une taille legére,
Beaux yeux, air noble , oui, fa vertu peut plaire;
Mais fon humeur & fon aufterité,
Ont-ils pû plaire à ta fimplicité ?

ADINE.

Mon caractère eft ferieux; & j'aime
Peut-être en lui jufqu'à mes defauts même.

DARMIN.

Il haït le monde.

ADINE.

Il a, dit-on, raifon.

DARMIN.

Il eft fouvent trop confiant , trop bon ;
Et fon humeur gâte encor fa franchife.

ADI-

ADINE.

De ces défauts le plus grand c'est Dorfise.

DARMIN.

Il est trop vrai, pourquoi donc refuser
D'ouvrir ses yeux, de les desabuser
Et de briller dans ton vrai caractère ?

ADINE.

Peut-on briller lorsqu'on ne sauroit plaire ?
Hélas ! du jour, que par un sort heureux,
Dessus son bord, il nous reçût tous deux,
J'ai bien tremblé, qu'il n'apperçut ma feinte ;
En arrivant je sens la même crainte.

DARMIN.

Je prétendois te découvrir à lui.

ADINE.

Gardez-vous-en, ménagez mon ennui,
Sacrifiée à Dorfise adorée,
Dans mon malheur, je veux être ignorée,
Je ne veux pas, qu'il connaisse en ce jour,
Quelle victime, il immole à l'amour.

DARMIN.

Que veux-tu donc ?

ADINE.

      Je veux dès ce soir même
Dans un Couvent, fuir un ingrat, que j'aime.

DAR-

DARMIN.

Lorfque fi vite on fe met en Couvent,
Tout à loifir, ma Niéçe on s'en repent.
Avec le tems tout fe fera, te dis-je,
Un foin plus trifte à préfent nous afflige;
Car dans l'inftant, où ce du Gué * nouveau
Si noblement fit fauter fon Vaiffeau,
Je vis fauter fes biens & ma fortune;
A tous les deux la mifére eft commune,
Et cependant à Marfeille arrivés,
Remplis d'efpoir, d'argent comptant privés,
Il faut chercher un fecours néceffaire.
L'amour n'eft pas toujours la feule affaire.

ADINE.

Quoi, lorfqu'on aime, on pourroit faire mieux?
Je n'en crois rien.

DARMIN.

Le tems ouvre les yeux.

L'amour, ma Niéce, eft aveugle à ton âge,
Non pas au mien; l'amour fans héritage,
Trifte & confus, n'a pas l'art de charmer;
Il n'appartient qu'aux gens heureux, d'aimer.

ADINE.

Vous penfez donc, que dans votre détreffe
Pour vous, mon Oncle, il n'eft plus de maîtreffe,
Et

---

* Allufion au célébre du Gué-Trouin, l'un des grands hommes de mer, qu'ait eu la France.

Et que d'abord votre Veuve Burlet,
En vous voyant, vous quittera tout net ?

DARMIN.

Mon trifte état lui ferviroit d'excufe.
Souvent, hélas ! c'eft ainfi qu'on en ufe ;
Mais d'autres foins je fuis embaraffé ;
L'argent me manque & c'eft le plus preffé.

* *

SCENE II.

BLANFORD, DARMIN, ADINE.

BLANFORD.

Bon de l'argent ! dans le fiécle où nous fommes
C'eft bien cela que l'on obtient des hommes.
Vive embraffade, & fades complimens,
Propos joyeux, vains baifers, faux fermens,
J'en ai reçû de cette ville entiere ;
Mais auffi-tôt, qu'on a fû ma mifére,
D'auprès de moi la foule a difparu,
Voilà le monde.

DARMIN.

    Il eft très corrompu ;
Mais vos amis vous ont cherché peut-être ?

BLANFORD.

Oui, des amis ! en as-tu pû connaître ?

      I 5   J'en

J'en ai cherché, j'ai vû force fripons
De tous les rangs, de toutes les façons.
D'honnêtes gens, dont la molle indolence
Tranquilement nage dans l'opulence,
Blâzés en tout, aussi durs que polis,
Toujours hors d'eux, ou d'eux seuls tous remplis,
Mais des cœurs droits, des ames élevées
Que les destins n'ont jamais captivées,
Et qui se font un plaisir généreux,
De rechercher un ami malheureux,
J'en connais peu ; par tout le vice abonde,
Un coffre fort est le Dieu de ce monde ;
Et je voudrois qu'ainsi que mon vaisseau
Le genre humain fut abîmé dans l'eau.

DARMIN.

Exceptez nous du moins de la sentence.

ADINE.

Le monde est faux, je le crois ; mais je pense,
Qu'il est encor un cœur digne de vous,
Fier, mais sensible, & ferme quoique doux,
De vos destins bravant l'indigne outrage,
Vous en aimant, s'il se peut, d'avantage,
Tendre en ses vœux, & constant dans sa foi

BLANFORD.

Le beau présent ! où le trouver ?

ADINE.

Dans moi

BLAN-

BLANFORD.

Dans vous ! allez ; jeune homme que vous êtes.
Suis-je en état, d'entendre vos fornettes ?
Pour plaifanter, prenez mieux votre tems.
Oui, dans ce monde, & parmi les méchans,
Je fais qu'il eft encore des ames pures
Qui cheriront, mes triftes avantures,
Je fuis heureux dans mon fort abattu,
Dorfife au moins fait aimer la vertu.

ADINE.

Ainfi, Monfieur, c'eft de cette Dorfife
Que pour toujours je vois votre ame éprife ?

BLANFORD.

Affûrément

ADINE.

Et vous avez trouvé,
En fa conduite un mérite éprouvé ?

BLANFORD.

Oui.

DAMIN.

Feu mon Frère, avant d'aller en Grece
S'il m'en fouvient, vous deftinoit ma niéce.

BLANFORD.

Feu votre Frere a très-mal deftiné,
J'ai mieux choifi ; je fuis déterminé
Pour la vertu, qui du monde exilée
Chez ma Dorfife eft ici rappellée.

ADINE.

ADINE.

Un tel mérite est rare ; il me surprend,
Mais son bonheur me semble encore plus grand.

BLANFORD.

Ce jeune enfant a du bon ; & je l'aime ;
Il prend parti pour moi contre vous-même.

DARMIN.

Pas tant ; peut-être ; après tout dites-moi,
Comment Dorfise avec sa bonne foi
Avec ce goût qui pour vous seul l'atire
Dépuis un an cessa de vous écrire ?

BLANFORD.

Voudriez-vous qu'on m'écrivit par l'air ?
Et que la Poste allât en pleine mer ?
Avant ce tems j'ai vingt fois reçû d'elle
Des gros paquets, mais écrits d'un modelle,
D'un air, si vrai, d'un esprit si sensé
Rien d'affecté, d'obscur, d'embarassé ;
Point d'esprit faux, la nature elle-même,
Le cœur y parle, & voilà comme on aime.

DARMIN à *Adine.*

Vous pâlissez.

BLANFORD *avec empressement à Adine.*

Qu'avez vous ?

ADINE.

Moi, Monsieur !

Un mal cruel qui me perce le cœur.

BLAN-

BLANFORD *à Darmin.*

Le cœur ! quel ton ! une fille à son âge
Seroit plus forte, auroit plus de courage.
Je l'aime fort, mais je suis étonné,
Qu'à cet excés il soit effeminé.
Etoit il fait pour un pareil voyage ?
Il craint la mer, les ennemis, l'orage.
Je l'ai trouvé près d'un miroir assis,
Il étoit né pour aller à Paris,
Nous étaler sur les bancs du Théatre
Son beau minois, dont il est idolâtre.
C'est un Narcisse.

DARMIN.

Il en a la beauté.

BLANFORD.

Oui, mais il faut en fuir la vanité.

ADINE.

Ne craignez rien, ce n'est pas moi que j'aime.
Je suis plus près, de me haïr moi-même ;
Je n'aime rien qui me ressemble.

BLANFORD.

Enfin

C'est à Dorsise à regler mon destin.
Bien convaincu de sa haute sagesse,
De l'épouser je lui passai promesse,
Je lui laissai mon bien même en partant,
Joyaux, billets, contrats, argent comptant.

J'ai

J'ai , grace au Ciel , par ma juſte franchiſe
Confié tout à ma chére Dorſiſe ;
J'ai confié Dorſiſe & ſon deſtin
A la vertu de Monſieur Bartolin.

DARMIN.

De Bartolin, le Caiſſier ?

BLANFORD.

De lui-même,

D'un bon ami qui me cherit , que j'aime.

DARMIN *d'un ton ironique.*

Ah ! vous avez ſans doute bien choiſi ,
Toujours heureux en Maîtreſſe , en ami !
Point prévenu.

BLANFORD.

Sans doute , & leur abſence
Me fait ici ſecher d'impatience.

ADINE.

Je n'en peux plus, je ſors.

BLANFORD.

Mais qu'avez-vous ?

ADINE.

De ſes malheurs chacun reſſent les coups.
Les miens ſont grands , leurs traits s'apéſantiſſent,
Ils ceſſeront . . . . ſi les vôtres finiſſent.

(il ſort.)

BLAN-

BLANFORD.

Je ne fais . . . mais fon chagrin m'a touché.

DARMIN.

Il eft aimable, il vous eft attaché.

BLANFORD.

J'ai le cœur bon & la moindre fortune,
Qui me viendra, fera pour lui commune.
Dès que Dorfife avec fa bonne foi
M'aura remis l'argent qu'elle a de moi,
J'en ferai part à votre jeune Adine.
Je lui voudrois la voix moins féminine,
Un air plus fait ; mais les foins & le tems
Forment le cœur, & l'air des jeunes gens:
Il a des mœurs, il eft modefte, fage,
J'ai rémarqué toujours dans le voyage,
Qu'il rougiffoit aux propos indecens,
Que fur mon bord tenoient nos jeunes gens ;
Je vous promets de lui fervir de pere.

DARMIN.

Ce n'eft pas là pourtant ce qu'il efpére,
Mais, allons donc chez Dorfife à l'inftant,
Et recevez d'elle au moins votre argent.

BLANFORD.

Bon ! le Demon, qui toujours m'accompagne,
La fait refter encore à la Campagne.

DAR-

DARMIN.

Et le Caiſſier ?

BLANFORD.

Et le Caiſſier auſſi
Tous deux viendront puisque je ſuis ici.

DARMIN.

Vous penſez donc, que Madame Dorfiſe
Vous eſt toujours très-humblement ſoumiſe ?

BLANFORD.

Et pourquoi non ? ſi je garde ma foi,
Elle peut bien en faire autant pour moi.
Je n'ai pas eu comme vous la folie
De courtiſer une franche étourdie.

DARMIN.

Il ſe pourra que j'en ſois mépriſé,
Et c'eſt à quoi tout homme eſt expoſé,
Et j'avouerai qu'en ſon humeur badine
Elle eſt bien loin de ſa ſage Couſine.

BLANFORD.

Mais de ſon cœur ainſi déſemparé
Que ferez-vous ?

DARMIN.

Moi, rien; je me tairai,
En attendant qu'à Marſeille ſe rendent
Les deux Beautés de qui nos cœurs dépendent.

Fort

Fort à propos, je vois venir vers nous
L'aini Mondor.

BLANFORD.

Notre ami ? dites-vous,
Lui ! notre ami ?

DARMIN.

Sa tête est fort légère;
Mais dans le fonds c'est un bon caractère.

BLANFORD.

Détrompez-vous ; cher Darmin, soyez sûr,
Que l'amitié veut un esprit plus mûr ;
Allez, les fous n'aiment rien.

DARMIN.

Mais le sage
Aime-t-il tant ? . . . Tirons quelque avantage
De ce fou-ci. Dans notre cas urgent
On peut sans honte emprunter son argent.

SCENE III.

BLANFORD, DARMIN, le Chevalier
MONDOR.

Le Chevalier MONDOR.

Bon jour très-chers, vous voilà donc en vie ?
C'est fort bien fait, j'en ai l'ame ravie.
Bon jour! Dis-moi, quel est ce bel Enfant
Que j'ai vû là dans cet apartement ?

D' où vous vient - il ? étoit - il du voyage ?
Eſt - il Grec , Turc , eſt - il ton fils , ton page ?
Qu' en faites - vous ? où ſoupés - vous ce ſoir ?
A quels appas jettez vous le mouchoir ?
N' allez - vous pas vîte en poſte à Verſailles
Faire aux commis des récits de Batailles ?
Dans ce païs avez - vous un patron ?

BLANFORD.

Non.

Le Chevalier MONDOR.

Quoi tu n' as jamais fait ta cour ?

BLANFORD.

Non.

J' ai fait ma cour ſur mer , & mes ſervices
Sont mes patrons , ſont mes ſeuls artifices ;
Dans l' Antichambre on ne m' a jamais vû.

Le Chevalier MONDOR.

Tu n' as auſſi jamais rien obtenu.

BLANFORD.

Rien demandé , l' œil éclairé du maître
Sait dans ſon tems tout voir , tout reconnaître.

Le Chevalier MONDOR.

Va , dans ſon tems ces nobles ſentimens
A l' hôpital menent tout droit les gens.

DARMIN.

Nous en ſommes fort près ; & notre gloire
N' a pas le ſou.

Le

Le Chevalier MONDOR.

> Je fuis prêt à t'en croire.

DARMIN.

Cher Chevalier, il te faut avouer,

Le Chevalier MONDOR.

En quatre mots je dois vous confier,

DARMIN.

Que notre ami vient de faire une perte,

Le Chevalier MONDOR.

Que j'ai, mon cher, fait une découverte,

DARMIN.

De tout le bien,

Le Chevalier MONDOR.

> D'une honnête beauté,

DARMIN.

Que fur la mer

Le Chevalier MONDOR.

> A qui fans vanité,

DARMIN.

Il rapportoit

Le Chevalier MONDOR.

> Après bien du miftère,

DARMIN.

Dans fon vaiffeau.

Le Chevalier MONDOR.

> J'ai le bonheur de plaire.

K 2   DAR-

LA PRUDE

DARMIN.

C'est un malheur.

Le Chevalier MONDOR.

C'est un plaisir bien vif,

De subjuguer ce scrupule excessif,
Cette pudeur est si fiere & si pure,
Ce précepteur qui gronde la Nature,
J'avois du goût pour la Dame Burlet,
Pour sa gaïté, son air brusque & follet;
Mais c'est un goût plus léger qu'elle-même.

DARMIN.

J'en suis ravi !

Le Chevalier MONDOR.

C'est la prude que j'aime,

Encouragé par la difficulté
J'ai présenté la pomme à la fierté.

DARMIN.

La prude enfin dont votre ame est éprise,
Cette Beauté si fiere ?

Le Chevalier MONDOR.

C'est Dorfise.

BLANFORD *en riant.*

Dorfise . . . ah . . bon. Sais tu-bien devant qui
Tu parles là ?

Le Chevalier MONDOR.

Devant toi, mon ami.

BLAN-

BLANFORD.

Va, j'ai pitié de ton extravagance,
Cette beauté n'aura plus l'indulgence,
Je t'en reponds, de réécvoir chez soi
Des Chevaliers éventés comme toi.

Le Chevalier MONDOR.

Si fait, mon cher, la femme la moins folle
Ne se plaint point lorsqu'un fou la cajolle.

BLANFORD.

Cajollez moins, mon très-cher, apprenez,
Qu'à ses vertus mes jours sont destinés,
Qu'elle est à moi, que sa juste tendresse
De m'épouser m'avoit passé promesse,
Qu'elle m'attend pour m'unir à son sort.

Le Chevalier MONDOR *en riant.*

Le beau billet qu'a la l'ami Blanford ?

(à Darmin.)

Il a, dis-tu, besoin dans sa détresse
D'autres billets payables en espéce.
Tiens, cher Darmin.

(Il veut lui donner un Porte-feuille.)

BLANFORD *l'arrêtant.*

Non, gardez-vous en bien.

DARMIN.

Quoi vous voulez ?

BLANFORD.

De lui je ne veux rien.

K 3

Quand

Quand d'emprunter on fait la grace infigne
C'eft à quelqu'un qu'on daigne en croire digne;
C'eft d'un ami qu'on emprunte l'argent.

     Le Chevalier MONDOR.

Ne fuis - je pas ton ami !

       BLANFORD.

               Non, vraiment.

Plaifant ami dont la frivole flamme,
S'il fe pouvoit, m'enleveroit ma femme.
Qui dès ce foir avec vingt fainéans
Va s'égayer à table à mes dépens,
Je les connais ces beaux amis du monde.

     Le Chevalier MONDOR.

Ce monde-là que ton rare efprit fronde,
Crois moi, vaut mieux que ta mauvaife humeur,
Adieu ! je vais du meilleur de mon cœur,
Dans le moment chez la belle Dorfife,
Aux grands éclats rire de ta fotife.

                 (*Il veut s'en aller.*)

    BLANFORD *l'arrêtant.*

Que dis - tu là ? mon cher Darmin ! comment ?
Elle eft ~~encore chez vous~~ ? Dorfife ?

     Le Chevalier MONDOR.

               Affurément.

       BLANFORD.

O jufte Ciel !

     Le Chevalier MONDOR.

        Eh bien ! quelle merveille ?

                  BLAN-

B L A N F O R D.

Dans ſa maiſon?

Le Chevalier M O N D O R.

Oui, te dis - je, à Marſeille.

Je l'ai trouvée à l'inſtant qui rentroit,
Et qui des champs avec hâte accourroit.

B L A N F O R D *à part.*

Pour me revoir! ô Ciel! je te rends grace,
A ce ſeul trait tout mon malheur s'efface.
Entrons chez elle.

Le Chevalier M O N D O R.

Entrons, c'eſt fort bien dit;
Car plus on eſt de fous & plus on rit.

B L A N F O R D *(il va à la porte.)*

Heurtons.

Le Chevalier M O N D O R.

Frappons.

C O L L E T T E *(en dedans de la maiſon.)*

Qui va là?

B L A N F O R D.

Moi.

Le Chevalier M O N D O R.

Moi - même.

SCENE

SCENE IV.

BLANFORD, DARMIN, COLLETTE, le Chevalier MONDOR.

COLLETTE *fortant de la maifon.*

Blanford ! Darmin ! quelle furprife extrême !
Monfieur.

BLANFORD.

Collette.

COLLETTE.

Hélas ! je vous croyois
Hors de ce monde & noyé mille fois.

BLANFORD.

Le jufte Ciel, propice à ma tendreffe,
M'a confervé pour revoir ta Maîtreffe.

COLLETTE.

Elle fortoit tout à l'inftant d'ici.

DARMIN.

Et fa Coufine ?

COLLETTE.

Et fa Coufine auffi.

BLANFORD.

Eh ! mais de grace, où donc eft-elle allée ?
Où la trouver ?

COLLETTE *faifant une reverence de prude.*

Elle eft à l'affemblée.

BLAN-

BLANFORD.

Quelle affemblée ?

COLLETTE.

Eh vous ne favez rien ?
Apprenez donc que vingt femmes de bien
Sont dans Marfeille étroitement unies
Pour corriger nos jeunes étourdies,
Pour reformer tout le train d'aujourd'hui,
Mettre à fa place un noble & digne ennui,
Et hautement par de fages cabales
De leur prochain reprimer les fcandales ;
Et Dorfife eft en tête du parti.

BLANFORD *à Darmin.*

Mais comment donc un fi grand étourdi
Eft-il fouffert d'une beauté févére ?

DARMIN.

Chez une Prude un Etourdi peut plaire.

BLANFORD.

De l'affemblée où va-t-elle ?

COLLETTE.

On ne fait

Faire du bien fourdement.

BLANFORD.

En fecret !

C'eft là le comble. Eh ! puis-je en fa demeure,
Pour lui parler, avoir auffi mon heure ?

Le

Le Chevalier MONDOR.

Va, c'est à moi, qu'il le faut demander;
Sans risquer rien je peux te l'accorder.
Tu la verras tout comme à l'ordinaire.

BLANFORD.

Respectez la; c'est ce qu'il vous faut faire,
Et gardez-vous de la desapprouver.

DARMIN.

Et sa Cousine, où peut-on la trouver?
On m'avoit dit, qu'elles vivoient ensemble.

COLLETTE.

Oui, mais leur goût rarement les assemble,
Et la Cousine avec dix jeunes gens,
Et dix beautés se donne du bon tems;
Et d'une table & propre & bien servie,
Presque toujours vole à la Comédie;
Ensuite on danse ou l'on se met au jeu;
Toujours chez elle & grand chere, & beau feu,
De longs soupers & de chansons nouvelles,
Et des bons mots, encor plus plaisans qu'elles,
Glacés liqueurs, vins vieux, gris, rouges, blancs,
Amas nouveau de boëtes, de rubans,
Magots de Saxe, & riches bagatelles,
Qu'Hébert * invente à Paris pour les belles,
Le jour, la nuit, cent plaisirs rénaissans,
Et de médire à peine a-t-on le tems.

* Fameux Marchand des curiosités.

Le

Le Chevalier M O N D O R.

Oui, notre ami, c'est ainsi qu'il faut vivre.

D A R M I N.

Mais pour la voir, où faudra-t-il la suivre?

C O L L E T T E.

Par-tout, Monsieur, car du matin au soir,
Dès qu'elle sort, elle court, veut tout voir.
Il lui faudroit que le Ciel par miracle
Exprès pour elle assemblât un spectacle,
Jeu, bal, toilette, & musiqu & soupé.
Son cœur toujours est de tout occupé.
Vous la verrez & sa joyeuse troupe
Fort tard chez elle & vers l'heure où l'on soupe.

B L A N F O R D.

Si vous l'aimez après ce que j'entends,
Moins qu'elle encor vous avez de bon sens.
Peut-on chérir ce bruyant assemblage
De tous les goûts, qu'eut le sexe en partage?
Il vous sied bien dans vos tristes soupirs,
De suivre en pleurs le char de ses plaisirs;
Et d'étaler les régrets d'une dupe
Qu'un fol amour dans sa misére occupe.

D A R M I N.

Je crois encor, dussé-je être en erreur,
Qu'on peut unir les plaisirs & l'honneur,

Je

Je crois auſſi, ſoit dit, ſans vous déplaire,
Que femme prude, en ſa vertu ſévére,
Peut en public faire beaucoup de bien,
Mais en ſecret ſouvent ne valoir rien.

BLANFORD.

Eh bien ! tantôt nous viendrons l'un & l'autre
Et vous verrez mon choix & moi le vôtre.

Le Chevalier MONDOR.

Oui; revenez & vous verrez ma foi
La place priſe.

BLANFORD.

Et par qui donc ?

Le Chevalier MONDOR.

Par moi.

BLANFORD.

Par toi?

Le Chevalier MONDOR.

J'ai mis à profit ton abſence,
Et je n'ai pas à craindre ta préſence.
Va, tu verras . . Adieu.

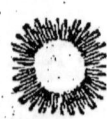

SCENE

SCENE V.

BLANFORD, DARMIN.

BLANFORD.

Ça pensez-vous,
Que d'un tel homme on puisse être jaloux !

DARMIN.

Le ridicule & la bonne fortune
Vont bien ensemble, & la chose est commune.

BLANFORD.

Quoi vous pensez ?

DARMIN.

Oui, ces femmes de bien
Aiment par fois les grands diseurs de rien ;
Mais permettez que j'aille un peu moi-même
Chercher mon fort & savoir si l'on m'aime.

(Il sort.)

BLANFORD seul.

Oui, hâtez-vous d'être congédié.
Hom ! le pauvre homme ! il me fait grand pitié.
Que je te louë, ô destin favorable,
Qui me fait prendre une femme estimable,
Que dans mes maux je bénis mon rétour,
Que ma raison augmente mon amour !

Oh !

Oh! je fuirai, je l'ai mis dans ma tête
Le monde entier pour une femme honnête!
C'est trop long-tems courir, craindre, efpérer,
Voilà le port, où je veux demeurer.
Près d'un tel bien qu'eft-ce que tout le refte?
Le monde eft fou, ridicule, ou funefte;
Ai-je grand tort d'en être l'ennemi?
Non, dans ce monde il n'eft pas un ami.
Perfonne au fonds à nous ne s'intereffe,
On eft aimé; mais c'eft de fa maîtreffe;
Tout le fecret eft de favoir choifir.
Une coquette eft un vrai monftre à fuir;
Mais une femme, & tendre, & belle, & fage,
De la Nature eft le plus digne ouvrage.

Fin du premier Acte.

ACTE

✽ ✽ ✽ ✽ ✽ ✽ ✽ ✽ ✽ ✽ ✽ ✽ ✽ ✽ ✽ ✽ ✽ ✽ ✽ ✽

ACTE II.

SCENE I.

DORFISE, Madame BURLET,
le Chevalier MONDOR.

DORFISE.

Adouciffez, Monfieur le Chevalier,
De vos difcours l'excès trop familier.
La pureté de mes chaftes oreilles
Ne peut fouffrir de libertés pareilles.

Le Chevalier MONDOR *en riant.*

Vous les aimez pourtant ces libertés,
Vous me grondez ; mais vous les écoutez,
Et vous n'avez, comme je puis comprendre,
Cheveux fi courts, que pour les mieux entendre.

DORFISE.

Encor.

Mde. BURLET.

Eh bien, je fuis de fon côté ;
Vous affectez trop de fevérité.
La liberté n'eft pas toujours licence.
On peut, je crois, entendre avec décence

De

De la gaïeté les innocens éclats,
Ou bien sembler ne les entendre pas.
Votre vertu toujours un peu farouche
Veut nous fermer & l'oreille & la bouche.

DORFISE.

Oui, l'une & l'autre; & fermez, croyez-moi,
Votre maison à tous ceux que j'y voi.
Je vous l'ai dit, ils vous perdront, Cousine;
Comment souffrir leur troupe libertine!
Le beau Cléon, qui brillant sans esprit,
Rit des bons mots, qu'il prétend avoir dit;
Damon, qui fait pour vingt beautés qu'il aime,
Vingt Madrigaux plus fades que lui-même?
Et ce Robin parlant toujours de lui;
Et ce Pédant portant par-tout l'ennui;
Et mon Cousin, qui. . . . .

Le Chevalier MONDOR.

　　　　　　C'en est trop, Madame,
Chacun son tour, & si votre belle ame
Parle du monde avec tant de bonté,
J'aurai du moins autant de charité.
Je veux ici vous tracer de mon stile
En quatre mots un portrait de la ville,
A commencer par . . . .

DORFISE.

　　　　　　Ah n'en faites rien;
Il n'appartient qu'aux personnes de bien;

　　　　　　　　　　　　　　　　De

De châtier, de gourmander le vice.

C'eſt à mes yeux une horrible injuſtice,

Qu'un libertin ſatiriſe aujourd'hui,

D'autres mondains, moins vicieux que lui;

Lorſque j'en veux à l'humaine nature,

C'eſt zéle, honneur & vertu toute pure,

Dégoût du monde. Ah! Dieu, que je le hais

Ce monde infame.

Mde. B U R L E T.

Il a quelques attraits.

D O R F I S E.

Pour vous, hélas! & pour votre ruine.

Mde. B U R L E T.

N'en a-t-il point un peu pour vous, Couſine?

Haïſſez-vous ce monde?

D O R F I S E.

Horriblement.

Le Chevalier M O N D O R.

Tous les plaiſirs?

D O R F I S E.

Epouvantablement.

Mde. B U R L E T.

Le jeu? le bal?

Le Chevalier M O N D O R.

La muſique? la table?

D O R F I S E.

Ce ſont, ma chere, inventions du Diable.

Mde. BURLET.

Mais la parure & les ajustemens ?
Vous m'avouerez. . . . .

DORFISE.

Ah! quels vains ornemens ?
Si vous saviez à quel point je regrette
Tous les instans perdus à ma toilette,
Je fuis toujours le plaisir de me voir ;
Mon œil blessé craint l'aspect d'un miroir.

Mde. BURLET.

Mais cependant, ma sévere Dorfise,
Vous me semblez bien coëffée & bien mise ?

DORFISE.

Bien ?

Le Chevalier MONDOR.

Du grand bien.

DORFISE.

Avec simplicité.

Le Chevalier MONDOR.

Mais avec goût.

Mde. BURLET.

Votre sage beauté,
Quoi qu'elle en dise, est fort aise de plaire.

DORFISE.

Moi ? juste Ciel !

Mde. BURLET.

Je parle sans mistère,

Je

Je crois ma foi, que ta sevérité
A quelque goût pour ce jeune eventé.

Il n'est pas mal fait. *(en montrant Mondor.)*

Le Chevalier MONDOR.

Ah !

Mde. BURLET.

C'est un jeune homme,
Fort beau, fort riche.

Le Chevalier MONDOR.

Ah !

DORFISE.

Ce discours m'assomme.
Vous proposez l'abomination !
Un beau jeune homme est mon aversion.
Un beau jeune homme ! ah ! fi !

Le Chevalier MONDOR.

Ma foi, Madame,
Pour vous & moi j'en suis faché dans l'ame,
Mais ce Blanford, qui révient sans vaisseau,
Est-il si riche, & si jeune, & si beau ?

DORFISE.

Il est ici ? quoi, Blanford ?

Le Chevalier MONDOR.

Oui, sans doute.

COLLETTE *(en entrant avec précipitation.)*

Hélas ! je viens pour vous apprendre.

L 2   DOR-

LA PRUDE.

DORFISE (*à Collette à l'oreille.*)
                                        Ecoute.

Mde. BURLET.

Comment ?

DORFISE *au Chevalier Mondor.*

                    Depuis qu' il prit de moi congé,
De ses défauts je l'ai crû corrigé,
Je l'ai crû mort.

Le Chevalier MONDOR.

                    Il vit & le Corsaire
Veut me couler à fonds, & croit vous plaire.

DORFISE (*en se retournant vers Collette.*)
Collette, hélas !

COLLETTE.

Hélas !

DORFISE.

                        Ah! Chevalier,
Pourriez-vous point sur mer le renvoyer.

Le Chevalier MONDOR.

De tout mon cœur.

Mde. BURLET.

                    Sait-on quelque nouvelle
De ce Darmin, son ami si fidelle?
Viendra-t-il point ?

                                        Le

Le Chevalier MONDOR.

               Il eſt venu ; Blanford

L'a racroché dans je ne ſai quel port.

Ils ont ſur mer donné je crois bataille,

Et ſont ici n'ayant ni ſou ni maille;

Mais avec lui Blanford a ramené

Un petit Grec plus joli, mieux tourné . . .

       DORFISE.

Eh! oui, vraiment.   Je penſe tout à l'heure,

Que je l'ai vû tout près de ma demeure,

De grands yeux noirs!

      Le Chevalier MONDOR.

         Oui.

       DORFISE.

          Doux, tendres, touchans?

Un teint de roſe?

      Le Chevalier MONDOR.

         Oui,

     DORFISE *en s'animant un peu plus.*

          Des cheveux, desdents,

L'air noble fin?

      Le Chevalier MONDOR.

        C'eſt une Créature

Qu'à ſon plaiſir façonna la Nature.

       L 3   DOR-

DORFISE.

S'il a des mœurs, s'il est sage, bien né,
Je veux par vous, qu'il me soit amené,
Quoiqu'il soit jeune.

Me. BURLET.

Et moi, je veux sur l'heure,
Que de Darmin on cherche la demeure,
Allez la Fleur, trouvez le, & lui portez
Trois cens Louïs, que je crois bien comptés,

(Elle donne une bourse à la Fleur, qui est derriere elle.)

Et qu'à souper Blanford & lui se rendent;
Depuis long-tems tous nos amis l'attendent,
Et moi plus qu'eux. Je n'ai jamais connu
De naturel plus doux, plus ingénu;
J'aime sur-tout sa complaisance aimable
Et sa vertu liante & sociable.

DORFISE.

Eh bien! Blanford n'est pas de cette humeur;
Il est si sérieux !

Le Chevalier MONDOR.

Si plein d'aigreur !

DORFISE.

Oui, si jaloux,

Le Chev. MONDOR *(interrompant brusquement.)*
Caustique.

DORFISE.

Il est

Le Chevalier MONDOR.

Sans doute.

DOR-

DORFISE.

Laissez-moi donc parler ! il est,

Le Chevalier MONDOR.

J'écoute.

DORFISE.

Il est enfin fort dangereux pour moi.

Me. BURLET.

On dit, qu'il a très-bien servi le Roi,
Qu'il s'est sur mer distingué dans la guerre.

DORFISE.

Oui, mais qu'il est incommode sur terre !

Le Chevalier MONDOR.

Il est encor. . . . .

DORFISE.

Oui,

Le Chevalier MONDOR.

Ces Marins d'ailleurs

Ont presque tout de fort étranges mœurs.

DORFISE.

Oui.

Me. BURLET.

Mais on dit, qu'autre fois vos promesses,
De quelque espoir ont flatté ses tendresses ?

DORFISE.

Depuis ce tems j'ai par excès d'ennui
Quitté le monde à commencer par lui.
Le monde & lui me rendent si craintive.

L 4   SCENE

SCENE II.

DORFISE, Mde. BURLET, le Chevalier
MONDOR, COLLETTE.

COLLETTE.

Madame !

DORFISE.

Eh bien !

COLLETTE.

Monsieur Blanford arrive.

DORFISE.

Ciel ! . . . . . .

Mde. BURLET.

Darmin eft avec lui ?

COLLETTE.

Madame, oui.

Mde. BURLET.

J'en ai le cœur tout-à-fait rejoui.

DORFISE.

Et Moi, je me fens une douleur profonde,
Je me rétire & je veux fuir le monde.

Le Chevalier MONDOR.

Avec moi donc ?

DORFISE.

Non, s'il vous plait, fans vous.
(Elle fort.)

SCENE

S C E N E III.

Mde. BURLET, BLANFORD, DARMIN, le Chevalier MONDOR, ADINE.

DARMIN.

Madame, enfin, fouffrez qu'à vos genoux . . .

Mde. BURLET (*courant au devant de Darmin.*)

Mon cher Darmin, venez, j'ai fait partie,
D'aller au Bal après la Comédie,
Nous cauferons, mon caroffe eft là bas.
Et vous Rigris (*à Blanford*) y viendrez vous ?

BLANFORD.

Non pas.

Je viens ici pour chofe ferieufe,
Allez, courez, troupe folle & joyeufe,
Faites femblant d'avoir bien du plaifir,
Fatiguez bien votre inquiet loifir.

(Au jeune Adine.)

Et nous, jeune homme, allons trouver Dorfife.

(Mde. Burlet fort avec le Chevalier & Darmin, qui lui don-
nent chacun la main & Blanford continuë.)

S C E N E IV.

BLANFORD, ADINE.

BLANFORD.

Voyons une ame au feul devoir foumife,

Qui

Qui pour moi feul par un fage rétour
Rénonce au monde en faveur de l'amour,
Et qui fait joindre à cette ardeur flatteufe
Une vertu modefte & fcrupuleufe.
Méritez-bien de lui plaire.

ADINE.

Avec. foin

De fa vertu je veux être temoin,
En la voyant je peux beaucoup m'inftruire.

BLANFORD.

C'eft très-bien. dit, je prétends vous conduire.
En vous voyant du monde abandonné
Je trouve un fils que le fort m'a donné.
Sans vous aimer on ne peut vous connaître;
Vous êtes né trop flexible peut-être,
Rien ne fera plus utile pour vous
Que de hanter un efprit fage & doux,
Dont le commerce en votre ame affermife
L'honnêteté, l'amour de la juftice,
Sans vous ôter certain charme flatteur
Que je fens bien qui manque à mon humeur;
Une beauté, qui n'a rien de frivole,
Eft pour votre âge une excellente école,

L'efprit

L'efprit s'y forme, on y regle fon cœur;
Sa maifon eft le temple de l'honneur.

ADINE.

Eh bien, allons avec vous dans ce temple;
Mais je fuivrai bien mal fon rare exemple,
Soyez-en fûr.

BLANFORD.

Eh pourquoi ?

ADINE.

J'aurois pû
Auprès de vous mieux gouter la vertu
Quoique la forme, en foit un peu févere,
Le fonds m'en charme; & vous m'avez fû plaire;
Mais pour Dorfife?

BLANFORD *en allant à la porte de Dorfife.*

Ah ! c'eft trop fe flatter,
Que de vouloir tout d'un coup l'imiter;
Mais croyez-moi fi l'honneur vous domine
Voyez Dorfife & fuyez fa Coufine.
(*Il veut entrer.*)

COLLETTE *(fortant de la maifon & refermant la porte.)*

(*Il heurte.*)
On n'entre point Monfieur.

BLAN-

LA PRUDE

BLANFORD.

Moi?

COLLETTE.

Non.

BLANFORD.

Comment?

Moi réfufé?

COLLETTE.

Dans fon apartement,

Pour quelque tems Madame eft en rétraite,

BLANFORD.

J'admire fort cette vertu parfaite;

Mais j'entrerai.

COLLETTE.

Mais, Monfieur, écoutez,

BLANFORD.

Sans écouter entrons vîte. (*il entre.*)

COLLETTE,

Arrêtez,

ADINE.

Hélas ! fuivons, & voyons quelle iffuë

Aura pour moi cette étrange entrevuë,

SCENE

S C E N E V.

COLLETTE (*feule.*)

Il va la voir ; il va découvrir tout,

Je meurs de peur, ma Maîtreſſe eſt à bout,

Ah ! ma Maîtreſſe avoir eu le courage,

De ſtipuler ce ſécret mariage !

De vous donner au caiſſier Bartolin !

Eh ! que dira notre public malin !

O ! que la femme eſt une etrange eſpéce !

Et l'homme auſſi . . . quel excès de faibleſſe !

Madame eſt folle avec ſon air malin,

Elle ſe trompe & trompe ſon prochain,

Paſſe ſon tems après mille méprifes,

A réparer avec art ſes ſotiſes.

Le goût l'emporte, & puis on voudroit bien

Ménager tout & l'on ne garde rien,

Maudit rétour & maudite avanture,

Comment Blanford prendra - t - il ſon injure !

Dans la maiſon voici donc trois maris,

Deux ſont promis & l'autre eſt ~~preſqua~~ pris.

Femme en tel cas, ne ſait auquel entendre.

SCENE

SCENE VI.

DORFISE, COLLETTE.

COLLETTE.

Madame, eh bien! quel parti faut-il prendre?

DORFISE.

Va ne crains rien ; on fait l'art d'éblouïr,
De differer pour se faire cherir.
L'homme se mene aisément, ses faiblesses
Font notre force, & servent nos addresses.
On s'est tiré de pas plus dangereux,
J'ai fait finir cet entretien facheux,
Adroitement je fais à la campagne
Courir notre homme, (& le Ciel l'accompagne,)
Chez Bartolin son ancien confident,
Qui pourra bien lui compter quelque argent,
J'aurai du tems, il suffit.

COLLETTE.

Ah! le Diable
Vous fit signer ce contrat détestable!
Qui vous, Madame, avoir un Bartolin?

DORFISE.

Eh! mon enfant : le Diable est bien malin,

Ce

Ce gros Caiffier m'a tant perfécutée,

Le cœur fe gagne ; on tente, on eft tentée,

Tu fais qu'un jour on nous dit que Blanford

Ne viendroit plus.

COLLETTE.

Parcequ'il étoit mort.

DORFISE.

Je me voyois fans appui, fans richeffe,

Faible fur-tout, car tout vient de faibleffe,

L'Etoile eft forte, & c'eft fouvent le lot

De la beauté d'époufer un magot.

Mon cœur étoit à des épreuves rudes.

COLLETTE.

Il eft des tems dangereux pour les prudes.

Mais à l'amour devant facrifier,

Vous auriez dû prendre le Chevalier ;

Il eft joli.

DORFISE.

Je voulois du miftère,

Je n'aime pas d'ailleurs fon caractère ;

Je le ménage ; il eft mon complaifant,

Mon Emiffaire, & c'eft lui qui répand,

Par fon babil & fa folie utile,

Les bruits qu'il faut qu'on féme par la ville.

COLLET-

COLLETTE.

Mais Bartolin eſt ſi vilain?

DORFISE.

Oui, mais.

COLLETTE.

Et ſon eſprit n'a guère plus d'attraits.

DORFISE.

Oui, mais. . . .

COLLETTE.

Quoi mais ?

DORFISE.

Le deſtin, le caprice,
Mon triſte état , quelque peu d'avarice,
L'occaſion, je, je me réſignai,
Je devins fole, en un mot je ſignai.
Du bon Blanford je gardois la caſſette.
D'un peu d'argent mon amitié diſcrette
Fit quelque don par ſouvenir de lui.
Eh ! qui croyoit que Blanford aujourd'hui,
Après deux ans gardant ſa vieille flamme,
(*Avec vivacité & douleur.*)
Viendroit chercher ſa caſſette & ſa femme?

COLLETTE.

Chacun diſoit ici, qu'il étoit mort,
Il ne l'eſt point, lui ſeul eſt dans ſon tort.

DORFISE (*reprenant l'air de Prude.*)

Ah ! puiſqu'il vit, je lui rendrai ſans peine
Tous ſes bijoux, hélas! qu'il les réprenne.

Mais

Mais Bartolin, qui les croyoit à moi,
Me les garda, les prit de bonne foi,
Les croit à lui, les conferve, les aime,
En eft jaloux autant que de moi-même.

COLLETTE.

Je le crois bien.

DORFISE.

Maris, vertus, bijoux,
J'ai dans l'efprit de vous accorder tous.

* *

SCENE VII.

Le Chev. MONDOR, ADINE, DORFISE.

Le Chevalier MONDOR.

Chafferons-nous ce Rival plein de gloire,
Qui me méprife & s'en fait tant acroire?

ADINE *arrivant dans le fonds à pas lents tandis-*
que le Chevalier entroit brufquement.

Ecoutons bien.

Le Chevalier MONDOR.

Il faut me rendre heureux,
Il faut punir fon air avantageux,
Je fuis à vous, avec plaifir je laiffe
Au vieux Darmin fa petite Maîtreffe;
A le troubler on n'a que de l'ennui!
On pert fa peine à fe moquer de lui,

C'eft

C'eſt ce Blanford, c'eſt ſa vertu ſévére,
Sa gravité qu'il faut qu'on deſeſpére.
Il croit qu'on doit ne lui réfuſer rien,
Par la raiſon qu'il eſt homme de bien.
Ces gens de bien me mettent à la gêne.
Ils vous feront perir d'ennui ma reine.

DORFISE *d'un air modeſte & ſevere après avoir regardé Adine.*

Vous vous moquez! J'ai pour Monſieur Blanford
Un vrai reſpect & je l'eſtime fort.

Le Chevalier MONDOR.

Il eſt de ceux qu'on eſtime & qu'on berne,
Eſt - il pas vrai?

ADINE (*à part.*)

Que ceci me conſterne!
Elle eſt conſtante, elle a de la vertu!
Tout me confond, elle aime; ah! qui l'eut crû?

DORFISE.

Que dit - il là!

ADINE (*à part.*)

Quoi Dorfiſe eſt fidele?
Et pour combler mon malheur elle eſt belle.

DORFISE *au Chevalier après avoir regardé Adine.*

Il dit que je ſuis belle.

Le

Le Chevalier MONDOR.

Il n'a pas tort,

Mais il commence à m'importuner fort;

Allez l'enfant, j'ai des secrets à dire

A cette Dame.

ADINE.

Hélas ! je me retire.

DORFISE *au Chevalier.*

Vous vous moquez.

(à Adine.)

Restez, restez ici.

(au Chevalier.)

Osez-vous bien le renvoyer ainsi?

(à Adine.)

Approchez-vous, peu s'en faut qu'il ne pleure,

L'aimable enfant ! je prétends qu'il demeure.

Avec Blanford il est chez moi venu,

Dès ce moment son naturel m'a plu.

Le Chevalier MONDOR.

Eh laissez là son naturel, Madame,

De ce Blanford vous haïssez la flamme,

Vous m'avez dit qu'il est brutal, jaloux.

DORFISE *(fierement.)*

(à Adine.)

Je n'ai rien dit ; ça quel âge avez-vous?

M 2   ADINE.

ADINE.

J'ai dix huit ans.

DORFISE.

Cette tendre jeuneſſe
A grand beſoin du frein de la ſageſſe.
L'exemple entraine & le vice eſt charmant,
L'occaſion s'offre ſi frequemment ;
Un ſeul coup d'œil perd de ſi belles ames !
Défiez vous de vous-même, & des femmes ;
Prenez bien garde au ſoufle empoiſonneur,
Qui des vertus flétrit l'aimable fleur.

Le Chevalier MONDOR.

Que ſa fleur ſoit ou ne ſoit pas flétrie,
Melez-vous moins de ſa fleur, je vous prie,
Et m'écoutez.

DORFISE.

Mon Dieu ! point de couroux,
Son innocence a des charmes ſi doux !

Le Chevalier MONDOR.

C'eſt un enfant.

DORFISE (s'approchant d'Adine.)

Ça, dites-moi, jeune homme,
D'où vous venez & comment on vous nomme.

ADINE.

J'ai nom Adine, en Grece je ſuis né,
Avec Darmin Blanford m'a ramené.

DOR.

DORFISE.

Qu' il a bien fait!

Le Chevalier MONDOR.

Quelle humeur curieuse!
Quoi je vous peins mon ardeur amoureuse,
Et vous parlez encore à cet enfant?
Vous m' oubliez pour lui.

DORFISE (*doucement.*)

Paix, imprudent.

* ❋❋ ❋❋ ❋❋ ❋❋ ❋❋ ❋❋ ❋❋ ❋✳ ❋❋ ❋❋ ❋❋ ❋❋ ❋❋ ❋

SCENE VIII.

**DORFISE, le Chevalier MONDOR,
ADINE, COLLETTE.**

COLLETTE.

Madame.

DORFISE.

Eh bien!

COLLETTE.

Vous êtes attenduë
A l' assemblée.

DORFISE.

Oui, j'y serai renduë
Dans peu de tems.

Le Chevalier MONDOR.

Quel message ennuyeux!
Quand nous serons assemblés tous les deux,

M 3 Nous

Nous casserons pour jamais, je vous prie,
Ces rendez-vous de fade pruderie.
Ces comités, ces conspirations
Contre les goûts, contre les passions.
Il vous sied mal, jeune encor, belle, & fraiche,
D'aller crier d'un ton de pigrieche,
Contre les ris, les jeux & les amours,
De blasphemer ces Dieux de vos beaux jours,
Dans des réduits peuplés de vieilles ombres,
Que vous voyez dans leurs cabales sombres,
Sé lamenter sans gosier & sans dents,
Dans leurs tombeaux, des plaisirs des vivans,
Je vais, je vais de ces sempiternelles
Tout de ce pas egayer les cervelles,
Et leur donnant à toutes leur paquet,
Par cent bons mots étouffer leur caquet.

DORFISE.

Gardez-vous bien d'aller me compromettre,
Cher Chevalier, je ne puis le permettre,
N'allez point là !

Le Chevalier MONDOR.

                    Mais j'y cours à l'instant,
Vous annoncer.

                              (*Il sort.*)

DORFISE.

                    Ah quel extravagant !

(au jeune Adine.)

Allez mon fils, gardez-vous à votre âge
D'un pareil fou, soyez difcret & fage,
Mes complimens à Blanford . . . . l'œil touchant.

ADINE *(fe rétournant.)*

Quoi ?

DORFISE.

Le beau teint ! l'air ingénu, charmant !
Et vertueux . . . je veux que par la fuite
Dans mon loifir vous me rendiez vifite.

ADINE.

Je vous ferai ma cour affidûment,
Adieu, Madame.

DORFISE.

Adieu mon bel enfant.

ADINE.

Hélas ! j'éprouve un embaras extrême !
Le trahit-on ? je l'ignore, mais j'aime.

SCENE IX.

DORFISE, COLLETTE.

DORFISE *revenant conduifant de l'œil Adine qui la régarde.*

J'aime, dit-il, quel mot ? ce beau garçon
Déja pour moi fent de la paffion ?

M 4   Il

Il parle feul, me régarde, s'arrête,
Et je crains fort d'avoir tourné fa tête.

COLLETTE.

Avec tendreffe il lorgne vos appas.

DORFISE.

Eft - ce ma faute? ah! je n'y confens pas.

COLLETTE.

Je le crois bien, le peril eft trop proche,
Du bon Blanford je crains pour vous l'approche,
Je crains fur - tout le couroux impoli
De Bartolin.

DORFISE *en foupirant.*

            Que ce Turc eft joli?
Le crois-tu Turc? crois-tu qu'un infidele
Ait l'air fi doux, la figure fi belle?
Je crois pour moi qu'il fe convertira.

COLLETTE

Je crois pour moi que dès qu'on apprendra,
Qu'à Bartolin vous êtes ~~fiancées~~ *mariée,*
Votre vertu fera fort ~~cabriolées~~ *deériée;*
Ce petit Turc de peu vous fervira,
Terriblement Blanford éclattera.

DORFISE.

Va ne crains rien.

COLLETTE.

                J'ai dans votre prudence
Dépuis long-tems entiere confiance,

                                        Mais

Mais Bartolin eſt un brutal jaloux,
Et c'eſt bien pis, ~~il ſe croit votre~~ époux.
Le cas eſt triſte, il a peu de ſemblables ;
Ces deux rivaux ſeroient fort intraitables.

D O R F I S E.

Je prétends bien les éviter tous deux ;
J'aime la paix, c'eſt l'objet de mes vœux,
C'eſt mon devoir, il faut en conſcience
Prévoir le mal, fuir toute violence,
Et prévenir le mal, qui ſurviendroit,
Si mon état trop tôt ſe decouvroit.
J'ai des amis, gens de bien, de mérite.

C O L L E T T E.

Prenez conſeil d'eux.

D O R F I S E.

Ah oui, prenons vîte.

C O L L E T T E.

Eh bien de qui ?

D O R F I S E.

Mais de cet étranger,
De ce petit .... là .... tu m'y fais ſonger.

C O L L E T T E.

Lui, des conſeils ? Lui, Madame, à ſon âge ?
Sans barbe encor ?

D O R F I S E.

Il me parait fort ſage.

Et

Et s'il eft tel il le faut écouter.
Les jeunes gens font bons à confulter.
Il me pourroit procurer des lumiéres,
Qui donneroient du jour à mes affaires.
Et tu fens bien, qu'il faut parler d'abord
Au jeune ami du bon Monfieur Blanford.

COLLETTE.

Oui, lui parler parait fort néceffaire.

DORFISE *tendrement & d'un air embaraffé.*

Et comme à table on parle mieux ·d' affaire,
Conviendroit-il qu'avec direction
Il vint diner avec moi ?

COLLETTE.

Tout de bon !

Vous, qui craignez fi fort la médifance.

DORFISE *d'un air fier.*

Je ne crains rien, je fais comme je penfe,
Quand on a fait fa réputation,
On eft tranquile à l'abri de fon nom.
Tout le parti prend en main notre caufe,
Crie avec nous.

COLLETTE.

Oui, mais le monde caufe.

DORFISE.

Eh bien, cédons à ce monde méchant !
Sacrifions un diner innocent ;

N' ai-

N'aiguifons point leur langue libertine,

Je ne veux plus parler au jeune Adine.

Je ne veux point le révoir. . . . . Cependant

Que peut-on dire après tout d'un enfant!

A la fageffe ajoutons l'apparence,

Le Décorum, l'exacte bien-féance,

De ma Coufine il faut prendre le nom,

Et le prier de fa part. . . .

COLLETTE.

Pourquoi non?

C'eft très bien dit, une femme mondaine

N'a rien à perdre, on peut fans être en peine,

Deffous fon nom mettre dix billets doux,

Autant d'Amans, autant de rendez-vous.

Quand on la cite, on n'offenfe perfonne,

Nul n'en rougit, & nul ne s'en étonne.

Mais par hazard, quand des Dames de bien

Font une chûte, il faut la cacher bien?

DORFISE.

Des chûtes! moi! je n'ai dans cette affaire,

Graces au Ciel, nul réproche à me faire.

J'ai figné; mais je ne fuis point enfin

Abfolument Madame Bartolin.

On a des droits, & c'eft tout, & peut-être

On va bientôt fe délivrer d'un maître.

J'ai dans ma tête un deffein très-prudent,

Si ce beau Turc a pour moi du penchant,

C'en

C'en est assez ; tout ira bien, s'il m'aime.

Je suis encor maîtresse de moi-même,

Heureusement, je puis tout terminer.

Va t'en prier ce jeune homme à diner.

Est-ce un grand mal que d'avoir à sa table

Avec décence un jeune homme estimable ?

Un cœur tout neuf, *un air frais et vermeil,*

et qui nous peut donner un bon conseil ;

~~Et que je veux former à la vertu~~

COLLETTE.

un bon conseil ! ah ! rien n'est plus louable ;

~~Allons, formons ce projet est louable~~ ;

Accomplissons cet œuvre charitable.

Fin du second Acte.

ACTE

ACTE III.

SCENE I.

DORFISE, COLLETTE.

DORFISE.

Est-ce point lui ? que je suis inquiete!
On frappe, il vient, Collette, hola! Collette;
C'est lui ? c'est lui ?

COLLETTE.

Non, c'est le Chevalier,
Que loin d'ici je viens de renvoyer,
Cet étourdi, qui court, saute, sémille,
Sort, rentre, va, vient, rit, parle, fretille;
Il veut diner tête à tête avec vous,
Je l'ai chassé d'un air entre aigre & doux.

DORFISE.

A ma Cousine il faut qu'on le renvoye.
Ah! que je hais leur insipide joye!
Que leur babil est un trouble importun!
Chassez - les moi.

COLLETTE.

Chût, chût, j'entends quelqu'un.
DOR-

DORFISE.

Ah! c'est mon Grec.

COLLETTE.

Oui, c'est lui ce me semble.

***

SCENE II.

DORFISE, ADINE.

DORFISE.

Entrez, Monsieur! bon jour, Monsieur! je tremble.
Asseyez-vous ! . .

ADINE.

Je suis tout interdit . .
Pardonnez-moi, Madame, on m'avoit dit,
Qu'un autre . . . . .

DORFISE *tendrement.*

Eh bien, c'est moi, qui suis cette autre,
Rassurez-vous, quelle peur est la vôtre?
Avec Blanford ma Cousine aujourd'hui
Dine dehors : tenez-moi lieu de lui.

(Elle le fait asseoir.)

ADINE.

Eh, qui pourroit en tenir lieu, Madame!
Est-il un feu comparable à sa flame?

Et

Et quel mortel égaleroit son cœur
En grandeur d'ame, en amour, en valeur!

D O R F I S E.

Vous en parlez, mon Fils, avec grand zéle,
Votre amitié paraît vive & fidéle !
J'admire en vous un si beau naturel.

A D I N E.

C'est un penchant bien doux, mais bien cruel.

D O R F I S E.

Que dites-vous ? la charmante jeunesse
Doit éprouver une honnête tendresse,
Par de saints nœuds il faut qu'on soit lié,
Et la vertu n'est rien sans l'amitié.

A D I N E.

Ah! s'il est vrai, qu'un naturel sensible
De la vertu soit la marque infaillible,
J'ose vous dire ici sans vanité,
Que je me pique un peu de probité.

D O R F I S E.

Mon bel enfant, je me crois destinée
A cultiver une ame si bien née.
Plus d'une femme a cherché vainement
Un ami tendre, aussi vif que prudent,
Qui possédât les graces du jeune âge!
Sans en avoir l'empressement volage;

Et

Et je me trompe à votre air tendre & doux,
Ou tout cela paraît uni dans vous,
Par quel bonheur une telle merveille
Se trouve-t-elle aujourd'hui dans Marseille?
(Elle approche son fauteuil)

ADINE.

J'étois en Grece, & le brave Blanford
En ce païs me passa sur son bord.
Je vous l'ai dit deux fois.

DORFISE.

     Une troisiéme
A mon oreille est un plaisir extrême;
Mais, dites-moi, pourquoi ce front charmant
Et si Français est coëffé d'un Turban?
Seriez-vous Turc?

ADINE.

     La Grece est ma patrie.

DORFISE.

Qui l'auroit crû! la Grece est en Turquie?
Que votre accent, que ce ton Grec est doux!
Que je voudrois parler Grec avec vous!
Que vous avez la mine aimable & vive
D'un vrai Français! & sa grace naïve!
Que la Nature entre nous se méprit,
Quand par malheur un Grec elle vous fit.

        Que

Que je benis, Monſieur, la providence,
Qui vous a fait aborder en Provence!

A D I N E.

Hélas! j'y ſuis, & c'eſt pour mon malheur.

D O R F I S E.

Vous malheureux!

A D I N E.

Je le ſuis par mon cœur.

D O R F I S E.

Ah! c'eſt le cœur qui fait tout dans le monde,
Le bien, le mal, ſur le cœur tout ſe fonde.
Et c'eſt auſſi ce qui fait mon tourment.
Vous avez donc pris quelque engagement?

A D I N E.

Eh! oui, Madame, une femme intriguante
A déſolé ma jeuneſſe imprudente;
Comme ſon teint, ſon cœur eſt plein de fard,
Elle eſt hardie, & pourtant pleine d'art,
Et j'ai ſenti d'autant plus ſes malices,
Que la vertu ſert de maſque à ſes vices.
Ah! que je ſouffre, & qu'il me ſemble dur,
Qu'un cœur ſi faux gouverne un cœur trop pur!

D O R F I S E.

Voyez la maſque, une femme infidelle!
Puniſſons la; mon Fils, ça, quelle eſt elle?
De quel païs? quel eſt ſon rang? ſon nom?

ADINE.

Ah! je ne puis le dire.

DORFISE.

Comment donc?

Vous poffedez auffi l'art de vous taire!
Ah! vous avez tous les talens de plaire.
Jeune & difcret! je vais moi m'expliquer;
Si quelque jour, pour vous bien dépiquer
De la guenon qui fit votre conquête)
On vous offroit une perfonne honnête,
Riche, eftimée, & fur-tout poffédant
Un cœur tout neuf, mais folide & conftant,
Tel qu'il en eft très-peu dans la Turquie,
Et moins encor, je crois, dans ma patrie,
Que diriez-vous? que vous en fembleroit?

ADINE.

Mais, ... je dirois, que l'on me tromperoit.

DORFISE.

Ah! c'eft trop loin pouffer la défiance,
Ayez, mon fils, un peu plus d'affûrance.

ADINE.

Pardonnez-moi; mais les cœurs malheureux,
Vous le favez, font un peu foupçonneux.

DORFISE.

Eh! quels foupçons avez-vous, par exemple,
Quand je vous parle, & que je vous contemple?

ADI-

A D I N E.

J'ai des foupçons, que vous avez deffein
De m'éprouver.

D O R F I S E *en s'écriant.*

Ah, le petit malin !
Qu'il eft [rufé fous cet air d'innocence !
C'eft l'amour même au fortir de l'enfance.
Allez-vous en. Le danger eft trop grand.
Je ne veux plus vous voir abfolument.

A D I N E.

Vous me chaffez, il faut que je vous quitte.

D O R F I S E.

C'eft obéïr à mon ordre un peu vîte,
Là, revenez. Mon eftime eft au point,
Que contre vous je ne me fache point.
N'abufez pas de mon eftime extrême.

A D I N E.

Vous eftimez Monfieur Blanford de même.
Eftime-t-on deux hommes à la fois?

D O R F I S E.

Oh non; jamais; & les aimables loix
De la raifon, de la tendreffe fage
Font qu'on fuccède, & non pas qu'on partage.
Vous apprendrez à vivre auprès de moi.

A D I N E.

J'apprends beaucoup par-tout ce que je voi.

N 2 DOR-

DORFISE.

Lorfque le Ciel, mon fils, forme une belle,
Il fait d'abord un homme exprès pour elle;
Nous le cherchons long-tems avec raifon,
On fait vingt choix avant d'en faire un bon.
On fuit une ombre ; au hazard on s'éprouve,
Toujours on cherche, & rarement on trouve.
L'inftinct fécret vole après le vrai bien. . . .
(Vivement & tendrement.)
Quand on vous trouve, il ne faut chercher rien.

ADINE.

Si vous faviez ce que j'ai l'honneur d'être,
Vous changeriez d'opinion peut-être.

DORFISE.

Eh, point du tout.

ADINE.

            Peu digne de vos foins,
Connu de vous, vous m'eftimeriez moins,
Et nous ferions attrapés l'un & l'autre.

DORFISE.

Attrapés ! vous ! quelle idée eft la vôtre !
Mon bel enfant; je prétends . . . Ah! pourquoi
Venir fi tôt m'interrompre . . . . Eh, c'est toi!

SCENE

SCENE III.

COLLETTE, DORFISE, ADINE.

COLLETTE *avec empreffement.*

Très-importune, & très-trifte de l'être;
Mais un quidam plus importun peut-être
S'en va venir, c'eft Monfieur Bartolin.

DORFISE.

Le prétendu ? je l'attendois demain,
Il m'a trompé, il revient le barbare!

COLLETTE.

Le contre-tems eft encor plus bizare,
Ce Chevalier, le Roi des étourdis,
Méconnaiffant le Patron du logis,
Caufe avec lui, plaifante, s'évertuë,
Et le retient malgré lui dans la ruë.

DORFISE.

Tant mieux, ô Ciel!

COLLETTE.

        Point, Madame, tant pis;
Car l'indifcret, comme je vous le dis,
Ne fachant pas, quel eft le perfonnage,
Crie hautement, lui riant au vifage,

Que

Que nul chez vous n'entrera d'aujourd'hui,
Que tout le monde est exclus comme lui,
Que Bartolin n'est rien qu'un trouble-fête,
Et qu'à présent dans un doux tête à tête,
Madame au fond de son apartement,
Loin du grand monde, est vertueusement.
Le Bartolin, que le dépit transporte,
Prétend qu'il va faire enfoncer la porte.
Le Chevalier toujours d'un ton railleur
Crève de rire & l'autre de douleur.

DORFISE.

Et moi de crainte.   Ah! Collette que faire?
Où nous fourer?

ADINE.

Quel est donc ce mistére?

DORFISE.

Ce mistére est que vous êtes perdu,
Que je suis morte.   Eh! Collette, où vas-tu?

ADINE.

Que deviendrai-je?

DORFISE *à Collette.*

Ecoute-toi, demeure,
Quel tems il prend, revenir à cette heure,
(*à Adine.*)
Dans ce réduit cachez-vous tout le soir,
Vous trouverez un ample manteau noir,
Fourez-vous y, mon Dieu! c'est lui, sans doute.

ADI-

ADINE *allant dans le cabinet.*

Hélas! voilà ce que l'amour me coute!

DORFISE.

Ce pauvre enfant, qu'il m'aime!

COLLETTE.

Eh! taifez-vous.

On vient; hélas! c'eft le futur époux.

* * *

SCENE IV.

BARTOLIN, DORFISE, COLLETTE.

DORFISE *allant au-devant de Bartolin.*

Mon cher Monfieur, le Ciel vous accompagne,...
Vous revenez bien tard de la campagne . . .
Vous m'avez fait un fi grand déplaifir,
Que je fuis prête à m'en évanouïr.

BARTOLIN.

Le Chevalier difoit tout au contraire.

DORFISE.

Tout ce qu'il dit eft faux, je fuis fincère,
Il faut me croire; il m'aime à la fureur;
Il eft au vif piqué de ma rigueur;
Son vain caquet m'étourdit & m'affomme,
Et je ne veux jamais revoir cet homme.

N 4

BAR-

BARTOLIN.

Mais cependant de bon fens il parloit.

DORFISE.

Ne croyez rien de tout ce qu' il difoit.

BARTOLIN.

Soit, mais il faut, pour finir nos affaires,
Prendre en ce lieu les chofes néceffaires.

DORFISE *d'un ton carreffant.*

Que faites-vous? arrêtez-vous! hola!
N' entrez donc point dans ce cabinet-là.

BARTOLIN.

Comment? pourquoi?

DORFISE *après avoir rêvé.*

Du même efprit pouffée
J'ai comme vous eû, mon cher, en penfée . . . .
De mettre ici nos papiers en état . . . . .
J'ai fait venir notre vieil Avocat . . . .
Nous confultions; une grande faibleffe
L'a pris foudain.

BARTOLIN.

C' eft excès de vieilleffe.

COLLETTE.

On va donner au bon petit vieillard
Un . . . .

BAR-

BARTOLIN.

Oui j'entends.

DORFISE.

On l'a mis à l'écart,
De mon Sirop il a pris une dose
Et maintenant je pense qu'il repose.

BARTOLIN.

Il ne repose point, car je l'entends,
Qui marche encore & ... tousse là dedans.

COLLETTE.

Eh bien, faut-il lorsqu'un Avocat tousse
L'importuner ?

BARTOLIN.

Tout cela me couroure,
Je veux entrer.

(Il entre dans le Cabinet.)

DORFISE.

O Ciel! fais donc si bien,
Qu'il cherche tout sans pouvoir trouver rien.
Hélas ! qu'entends-je ! on s'écrie, il dit, tué,
Mon Avocat est mort, je suis perduë.
Où suis-je ! hélas ! de quel coté courir ?
Dans quel Couvent m'aller ensevelir ?
Où me noyer?

BARTOLIN *révenant & ténant Adine par les bras.*

Ah ! ah ! notre future !
Vos Avocats font d'aimable figure!

N 5. Dans

Dans le Barreau vous choififfez très-bien,

Venez, venez notre vieux praticien,

D'ici fans bruit il vous faut difparaître,

Et vous irez plaider par la fenêtre,

Allons, & vîte.

DORFISE.

                    Ecoutez-moi ;   pardon,

Mon cher mari.

ADINE.

                    Lui fon mari !

BARTOLIN *à Adine*.

                                        Fripon !

Il faut d'abord commencer ma vengeance,

Par l'étriller à fes yeux d'importance.

ADINE.

Hélas ! Monfieur, je tombe à vos genoux,

Je ne faurois meriter ce courroux.

Vous me plaindrez, fi je me fais connaître,

Je ne fuis point ce que je peux paraître.

BARTOLIN.

Tu me paraîs un vau-rien, Mon ami,

Fort dangereux, & tu feras puni.

Viens ça, viens ça !

                                        ADINE.

A D I N E.

Ciel! au secours! à l'aide!

De grace, hélas!

D O R F I S E.

La rage le posséde.

A mon secours tous mes voisins!

B A R T O L I N.

Tais-toi.

DORFISE, COLLETTE, ADINE.

A mon secours!

B A R T O L I N *emmenant Adine.*

Allons, fors de chez moi.

S C E N E   V.

D O R F I S E,   C O L L E T T E.

D O R F I S E.

Il va tuer ce pauvre enfant, Collette!
En quel état cet accident me jette!
Il me tuera moi - même.

C O L L E T T E.

Le Malin

Vous fit signer avec ce Bartolin.

DOR-

DORFISE.

(En criant.)

Ah l'indigne homme! ah! comment s'en defaire?
Va - t - en chercher, Collette, un Commiſſaire,
Va, l'accuſer.

COLLETTE.

De quoi?

DORFISE.

De tout.

COLLETTE.

Fort bien.

Où courez - vous?

DORFISE.

Hélas! je n' en ſais rien.

SCENE VI.

Mde. BURLET, DORFISE, COLLETTE.

Mde. BURLET.

Eh bien, qu'eſt - ce, Couſine?

DORFISE.

Ah ma Couſine!

Mde. BURLET.

Il ſembleroit que l'on vous aſſaſſine,
Ou qu'on vous vole, ou qu'on vous bat, *ou que*
Dans le logis vous avez mis le feu,
Mon Dieu, quels cris! quel bruit! quel train, ma chere..

DOR-

DORFISE.

Cousine, hélas! apprenez mon affaire,
Mais gardez-moi le secret pour jamais.

Mde. BURLET *toujours gayement & avec vivacité.*

Je n'ai pas l'air de garder des secrets!
Je suis pourtant discrette comme une autre,
Cousine, eh bien, quelle affaire est la vôtre?

DORFISE.

Mon affaire est terrible; c'est d'abord
Que je suis . . . . .

Mde. BURLET.

Quoi?

DORFISE.

Fiancée.

Mde. BURLET.

A Blanford!

Eh bien, tant mieux, c'est bien fait; & j'approuve
Cet himen-là, si le bonheur s'y trouve,
Je veux danser à votre Noce.

DORFISE.

Helas!

Ce Bartolin qui jure tant là bas,
Qui de ses cris scandalise le monde,
C'est le futur.

Mde. BURLET.

Eh bien, tant pis! je fronde

Ce mariage avec cet homme-là ;
Mais s'il eſt fait, le public s'y fera,
Eſt-il mari tout-à-fait?

DORFISE *d'un ton modeſte.*

Pas encore,
C'eſt un ſecret que tout le monde ignore,
Notre Contrât eſt dreſſé dès long-tems.

Mde. BURLET.

Fais-moi caſſer ce Contrât.

DORFISE.

Les mechans
Vont tous parler, je ſuis . . je ſuis outrée,
Ce maudit homme ici m'a rencontrée
Avec un jeune Turc, qui s'enfermoit
En tout honneur dédans ce Cabinet.

Mde. BURLET.

En tout honneur! là, là, ta prud'homie
S'eſt donc enfin quelque peu démentie?

DORFISE.

Oh point du tout! c'eſt un petit faux-pas,
Une faibleſſe, & c'eſt la ſeule, hélas!

Mde. BURLET.

Bon! une faute eſt quelque fois utile,
Ce faux-pas-là t'adoucira la bile,
Tu ſeras moins ſévère.

DOR-

DORFISE.

Ah! tirez-moi,
Sévère ou non, du goufre où je me vois,
Délivrez-moi des langues médifantes,
De Bartolin, de fes mains violentes,
Et délivrez de ces perils preffans
Mon fage ami, qui n'a pas dix-huit ans.

(En élevant la voix & en pleurant.)

Ah! voilà l'homme au Contrât.

* *

SCENE VII.

BARTOLIN, DORFISE, Mde. BURLET.

Mde. BURLET *à Bartolin.*

Quel vacarme!
Quoi! pour un rien votre efprit fe gendarme?
Faut-il ainfi fur un petit foupçon
Faire pleurer fes amis!

BARTOLIN.

Ah! pardon,
Je l'avouerai, je fuis honteux, mes Dames,
D'avoir conçû de ces foupçons infames;
Mais l'apparence enfin dut m'allarmer;
En verité, pouvois-je préfumer,

Que

Que ce jeune homme, à ma vûë abuſée,
Fut une fille en garçon déguiſée.

DORFISE (*à part.*)

En voici bien d'un autre.

Mde. BURLET.

Tout de bon!

Madame a pris fille pour un garçon?

BARTOLIN.

Le pauvre enfant eſt encor tout en larmes;
En verité, j'ai pitié de ſes charmes.
Mais pourquoi donc ne me pas avertir
De ce qu'elle eſt? pourquoi prendre plaiſir,
A m'éprouver, à me mettre en colere?

DORFISE (*à part.*)

Oh! oh! le drôle a-t-il pû ſi bien faire,
Qu'à Bartolin il ait perſuadé,
Qu'il étoit fille, Et ſe ſoit évadé?
Le tour eſt bon! mon Dieu, l'enfant aimable!
Que l'amour a d'eſprit! (*à Bartolin.*)

Homme haïſſable,

Eh bien, mechant, réponds, oſeras-tu
Faire un affront encor à la vertu?
La pauvre fille avec pleine aſſûrance
Me confioit ſon aimable innocence,

Mada-

Madame fait avec combien d'ardeur
Je me chargeois du foin de fon honneur!
Il te faudroit une franche Coquette,
Je te l'avoüe ; & je te la fouhaitte,
J'éclaterai, je me perds, je le fai ;
Mais mon Contrât fera ma foi caffé.

BARTOLIN.

Je fais qu'il faut qu'en cas pareil on crie,

(à Dorfife.)

Mais criez donc un peu moins, je vous prie.

(à Mde. Burlet.)

Accordons-nous . . . . . Et vous par charité;
Que tout ceci ne foit point éventé.
J'ai cent raifons pour cacher ce miftère.

DORFISE à Madame Burlet.

Vous me fauvez fi vous favez vous taire,
N'en parlez pas au bon Monfieur Blanford.

Mde. BURLET.

Moi ? volontiers.

BARTOLIN.

Vous m'obligerez fort.

SCENE VIII.

DORFISE, Mde. BURLET, BARTO-LIN, COLLETTE.

COLLETTE.

Blanford eft là, qui dit, qu'il faut qu'il monte.

DORFISE.

O contre-tems, qui toujours me démonte!

(*à Bartolin.*)

Laiffez - moi feul, allez le recevoir.

BARTOLIN.

Mais . . . .

DORFISE.

Mais après ce que l'on vient de voir,
Après l'éclat d'une telle injuftice,
Il vous fied bien de montrer du caprice.
Obéïffez.   Faites-vous cet effort.

SCENE IX.

DORFISE, Mde. BURLET.

Mde. BURLET.

En verité, je me rejouïs fort,
De voir qu'ainfi la chofe foit tournée.

Du

Du prétendu la visiere est bornée.

Je m'étonnois, ma Cousine, entre nous,

Que ta cervelle eut choisi cet époux ;

Mais ce cas - ci me surprend davantage,

Prendre pour fille un garçon ! à son âge !

Ah ! les Maris seront toujours bernés,

Jaloux & sots , & conduits par le nés.

D O R F I S E.

Je n'entends rien, Madame, à ce langage,

Je n'avois pas merité cet outrage.

Quoi, vous pensez qu'un jeune homme en effet

Se soit caché là dans ce Cabinet ?

Mde. B U R L E T.

Assûrément je le pense, ma chere,

D O R F I S E.

Quand Bartolin vous a dit le contraire !

Mde. B U R L E T.

Apparemment que ton Epoux futur

A crû la chose, & n'a pas l'œil bien sûr ?

N'avez - vous pas ici conté vous - même ?

Qu'un beau garçon. . .

D O R F I S E.

L' extravagance extrême !

O 2   Qui ?

Qui? moi? jamais; moi? je vous aurois dit . . .

A ce point-là j'aurois perdu l'efprit.

Ah! ma Coufine, écoutez, prenez garde,

Quand de leger la langue fe hazarde,

A débiter des difcours médifans,

Calomnieux, inventés, outrageans;

On s'en repent bien fouvent dans la vie.

Mde. BURLET.

Il eft bon là! moi, je te calomnie?

DORFISE.

Affurément, & je vous jure ici.

Mde. BURLET.

Ne jure pas.

DORFISE.

Si fait, je jure.

Mde. BURLET.

Eh fi!

Va, mon enfant, de toute cette hiftoire

Je ne croirai que ce qu'il faudra croire.

Prends un mari, deux mêmes, fi tu veux,

Et trompe les, bien ou mal, tous les deux,

Fais-moi paffer des garçons pour des filles,

Avec cela gouverne vingt familles,

Et donne-toi pour perfonne de bien,

Tiens;

Tiens ; tout cela ne m'embarraffe en rien.

J'admire fort ta fageffe profonde,

Tu mets ta gloire à tromper tout le monde.

Je mets la mienne à m'en bien divertir ;

Et fans tromper, je vis pour mon plaifir.

Adieu, mon cœur, ma mondaine faibleffe

Baife les mains à ta haute fageffe.

SCENE X.

DORFISE, COLLETTE.

DORFISE.

La folle va me décrier par-tout,

Ah ! mon honneur, mon efprit font à bout.

A mes dépens les libertins vont rire,

Je vois Dorfife un plaftron de fatire ;

Mon nom niché dans cent couplets malins,

Aux Chanfonniers va fournir des refrains,

Monfieur Blanford croira la médifance,

L'autre futur en va prendre vengeance ;

Comment platrer ce fcandale affligeant ?

En un feul jour deux Epoux, un Amant ?

Ah que de trouble, & que d'inquietude !

Qu'il faut fouffrir quand on veut être prude !

O 3   Et

Et que sans craindre, & sans affecter rien,
Il vaudroit mieux être femme de bien.
Allons.   Un jour nous tacherons de l'être.

COLLETTE.

Allons, tachons du moins de le paraître.
C'est bien assez quand on fait ce qu'on peut,
N'est pas toujours femme de bien qui veut.

Fin du troisiéme Acte.

ACTE

* *

ACTE IV.

SCENE I.

DORFISE, COLLETTE.

DORFISE.

Sans doute on a conjuré ma ruïne.
  Si je pouvois revoir ce jeune Adine!
Il est si doux, si sage, si discret!
Il me diroit ce qu'on dit, ce qu'on fait.
On pourroit prendre avec lui des mesures,
Qui rendroient bien mes affaires plus sûres.
Hélas que faire!

COLLETTE.

                Eh bien, il le faut voir.
Honnêtement lui parler.

DORFISE.

                Vers le soir.
Chere Collette, ah s'il se pouvoit faire,
Qu'un bon succès couronnât ce mistère,
Si je pouvois conserver prudemment
Toute ma gloire, & garder mon Amant!
Hélas! qu'au moins un des deux me demeure.

COLLETTE.

Un d'eux suffit.

DORFISE.

           Mais as-tu tout à l'heure.
Récommandé qu'ici le Chevalier
Avec grand bruit vint en particulier?

COLLETTE.

Il va venir ; il est toujours le même,
Et prêt à tout, car il croit qu'il vous aime.

DORFISE.

Il peut m'aider ; le sage en ses desseins
Se sert des fous, pour aller à ses fins.

* *

SCENE II.

DORFISE, le Chevalier MONDOR, COLLETTE.

DORFISE.

Venez, venez ; j'ai deux mots à vous dire.

Le Chevalier MONDOR.

Je suis soumis, Madame, à votre Empire,
Votre captif, & votre Chévalier,
Faut-il pour vous batailler, ferrailler,
Malgré votre ame à mes desirs revêche,
Me voilà prêt, parlez, je me depêche.

DOR-

DORFISE.

Eft-il bien vrai, que j'ai fû vous charmer
Et m'aimez-vous, là, comme il faut aimer?

Le Chevalier MONDOR.

Oui, mais ceffez d'être fi réfpectable.
La beauté plaît; mais je la veux traitable.
Trop de vertu fert à faire enrager,
Et mon plaifir c'eft de vous corriger.

DORFISE.

Que penfez-vous de notre jeune Adine?

Le Chevalier MONDOR.

Moi! rien, je fuis raffuré par fa mine.
Hercule, & Mars n'ont jamais à vingt ans
Pû redouter des Adonis enfans.

DORFISE.

Vous me plaifez par cette confiance.
Vous en aurez la jufte récompenfe,
Peut-être, on dit, que d'un fécret lien
Je fuis liée, il faut n'en croire rien;
De cent Amans lorgnée, & fatiguée
Vous feul enfin, vous m'avez fubjuguée.

Le Chevalier MONDOR.

Je m'en doutois.

DORFISE.

Je veux par de faints nœuds
Vous rendre fage, & qui plus eft, heureux.

Le

Le Chevalier MONDOR.

Heureux ! allons, c'eſt aſſez, la ſageſſe
Ne me va pas; mais notre bonheur preſſe.

DORFISE.

D'abord j'exige un ſervice de vous.

Le Chevalier MONDOR.

Fort bien, parlez tout franc à votre Epoux.

DORFISE.

Il faut ce ſoir, mon très-cher, faire en ſorte,
Que la cohuë aille ailleurs qu'à ma porte,
Que ce Blanford, ſi fier, & ſi chagrin,
Et ma Couſine, & ſon fat de Darmin,
Et leurs parens, & leur folle ſequelle,
De tout le ſoir ne troublent ma cervelle.
Puis à minuit un Notaire ſera
Dans mon Alcove, & notre himen fera;
Vous y viendrez par une fauſſe porte;
Mais point avant.

Le Chevalier MONDOR.
     Le plaiſir me tranſporte.
Du Sieur Blanford que je me moquerai!
Qu'il ſera ſot, que je l'attererai!
Que de brocards !

DORFISE.
     Au moins ſous ma fenêtre
Avant minuit gardez-vous de paraître;
Allez-vous-en, partez, ſoyez diſcret.

         Le

Le Chevalier MONDOR.

Ah, fi Blanford favoit ce grand fécret !

DORFISE.

Mon Dieu! fortez, on pourroit nous furprendre.

Le Chevalier MONDOR.

Adieu, ma femme.

DORFISE.

Adieu.

Le Chevalier MONDOR.

Je vais attendre
L'heure de voir, par un charmant retour,
La pruderie immolée à l'amour.

SCENE III.

DORFISE, COLLETTE.

COLLETTE.

A vos deffeins je ne puis rien comprendre ;
C'eft un énigme.

DORFISE.

Eh bien! tu vas l'entendre.
J'ai fait promettre à ce beau Chevalier
De taire tout; il va tout publier.
C'en eft affez, fa voix me juftifie,
Blanford croira que tout eft calomnie,

II

Il ne verra rien de la vérité;
Ce jour au moins: je suis en sûreté,
Et dès demain, si le succès couronne
Mes bons desseins, je ne craindrai personne.

COLLETTE.

Vous m' enchantez; mais vous m' épouvantez
Ces piéges-là, sont-ils bien ajustés?
Craignez-vous point de vous laisser surprendre
Dans les filets que vos mains savent tendre?
Prenez y garde.

DORFISE.

        Hélas! Collette! hélas!
Qu'un seul faux-pas entraine de faux-pas!
De faute en faute on se fourvoye, on glisse,
On se racroche, on tombe au précipice;
La tête tourne; on ne sait où l'on va;
Mais j'ai toujours le jeune Adine, là,
Pour l'obtenir, & pour que tout s'accorde,
Il reste encor à mon arc une corde;
Le Chevalier à minuit croit venir.
Mon jeune Amant le saura prévenir.
Il faut qu'il vienne à neuf heures, Collette,
Entends-tu bien?

COLLETTE.

        Vous serez satisfaite.

                DOR-

DORFISE.

On le croit fille, à fon air, à fon ton,
A fon menton doux, liffe & fans coton,
Dis-lui, qu'en fille il eft bon qu'il s'habille,
Que décemment il s'introduife en fille.

COLLETTE.

Puiffe le Ciel bénir vos bons deffeins !

DORFISE.

Cet enfant-là calmeroit mes chagrins ;
Mais le grand point c'eft que l'on imagine,
Que tout le mal vient de notre Coufine.
C'eft que Blanford foit par lui convaincu,
Qu'Adine ici pour un autre eft venu,
Qu'il foit toujours duppe de l'apparence.

COLLETTE.

Oh, qu'il eft bon à tromper ? car il penfe
Tout le mal d'elle, & de vous tout le bien.
Il croit tout voir bien clair, & ne voit rien.
J'ai confirmé que c'eft notre rieufe,
Qui du jeune homme eft tombée amoureufe.

DORFISE.

Ah ! c'eft mentir tant foit peu ; j'en conviens,
C'eft un grand mal ; mais il produit un bien.

SCENE

SCENE IV.

BLANFORD, DORFISE.

BLANFORD.

O mœurs! ô tems! Corruption maudite,
Elle s'est fait rendre déja visite
Par cet enfant simple, ingenu, charmant,
Elle vouloit en faire son Amant,
Elle employoit l'art des subtiles trames
De ces filets, où l'amour prend les ames.
Hom! la coquette!

DORFISE.

            Ecoutez, après tout
Je ne crois pas qu'elle ait jusques au bout
Osé pousser cette tendre avanture;
Je ne veux point lui faire cette injure,
Il ne faut pas mal penser du prochain;
Mais on étoit me semble en fort bon train.
Vous connaissez nos coquettes de France.

BLANFORD.

Tant?

DORFISE.

      Un jeune homme avec l'air d'innocence
Paraît à peine; on vous le court par-tout.

                      BLAN-

BLANFORD.

Oui, la vertu plait au vice fur-tout.
Mais dites-moi, comment vous pouvez faire
Pour fupporter gens d'un tel caractère ?

DORFISE.

Je prends la chofe affez patiemment.
Ce n'eft pas tout.

BLANFORD.

Comment donc ?

DORFISE.

Oh ! vraiment,
Vous allez bien apprendre une autre hiftoire,
Ces étourdis prétendent faire accroire,
Qu'en tapinois j'ai moi de mon côté .
De cet enfant convoité la beauté.

BLANFORD.

Vous ?

DORFISE.

Moi ; l'on dit, que je veux le féduire,

BLANFORD.

J'en fuis charmé, voilà bien de quoi rire,
Qui vous ?

DORFISE.

Moi-même & que ce beau garçon . . .

BLANFORD.

Bien inventé, le tour me femble bon.

DOR-

DORFISE.

Plus qu'on ne penfe, on m'en donne bien d'autres,
Si vous faviez, quel malheurs font les notres,
On dit encor, que je dois me lier
En mariage au fou de Chevalier :
Cette nuit même.

BLANFORD.

Ah, ma chere Dorfife !

Plus contre vous la calomnie épuife
L'acier tranchant de fes faits empeftés,
Et plus mon cœur, épris de vos beautés,
Saura defendre une vertu fi pure.

DORFISE.

Vous vous trompez bien fort, je vous le juré.

BLANFORD.

Non, croyez-moi, je m'y connais un peu :
Et j'aurois mis ces quatre doigts au feu;
J'aurois juré qu'aujourd'hui la Coufine
Auroit lorgné notre petite Adine.
Pour être honnête, il faut de la raifon,
Quand on eft fou, le cœur n'eft jamais bon;
Et la vertu n'eft que le bon fens même.

(*à part.*)

Je plains Darmin, je l'eftime, je l'aime.
Mais il eft fait pour être un peu moqué;
C'eft malgré moi, qu'il s'étoit embarqué
Sur un vaiffeau fi frêle & fi fragile.

SCENE

S C E N E V.

BLANFORD, DORFISE, DARMIN, Mde. BURLET.

Mde. BURLET.

Quoi ? toujours noir , fombre , pétri , débile,
Moralifant, grondant dans ton dépit
Le genre humain qui l'ignore, ou s'en rit?
Vertueux fou , finis tes foliloques.
Suis-moi ! je viens d'acheter vingt bréloques,
J'en ai pour toi. Viens chez le Chevalier,
Il nous attend, il doit nous fetoyer.
J'ai demandé quelque peu de mufique,
Pour dérider ton front mélancolique.
Après cela te prenant par la main,
Nous danferons jufques au lendemain.
(à *Dorfife.*)
Tu danferas, Madame, la fucrée.

DORFISE.

Moderez-vous, cervelle évaporée;
Un tel propos ne peut me convenir,
Et de tantôt il faut vous fouvenir.

Mde. BURLET.

Bon, laiffe-là ton tantôt, tout s'oublie,
Point de mémoire eft ma philofophie.

DOR-

DORFISE *à Blanford.*

Vous l'entendez, vous voyez fi j'ai tort,
Adieu, Monfieur, le fcandale eft trop fort.
Je me retire.

BLANFORD.

Eh, demeurez, Madame !

DORFISE.

Non, voyez-vous tout cela perce l'ame,
L'honneur . . .

Mde. BURLET.

Mon Dieu, parle-nous moins d'honneur,
Et fois honnête.

(Dorfife fort.)

DARMIN *à Mde. Burlet.*

Elle a de la douleur.
L'ami Blanford fait déja quelque chofe.

Mde. BURLET.

Oh, comme il faut que tout le monde caufe!
Darmin & moi nous n'en avons dit rien,
Nous nous taifions.

BLANFORD.

Vraiment, je le crois bien,
Oferiez-vous me faire confidence
De tels excès, de telle extravagance?

DARMIN.

Non, ce feroit vous navrer de douleur.

Mde.

Mde. BURLET.

Nous connaiſſons trop bien ta belle humeur,

Sans en vouloir épaiſſir les nuages,

En te bridant le nez de tes outrages.

BLANFORD.

Mourez de honte, allez & cachez-vous.

Mde. BURLET.

Comment ? pourquoi ? falloit-il entre nous

Venir troubler le répos de ta vie,

Couvrir tout haut Dorfiſe d'infamie,

Et préſenter aux railleurs dangereux

De ton affront le plaiſir ſcandaleux ?

Tiens ; je ſuis vive, & franche, & familiere,

Mais je ſuis bonne & jamais tracaſſiere.

Je te verrois par ton ami trompé,

Et comme il faut par ta femme dupé ;

Je t'entendrois chanſonner par la ville ;

J'aurois cent fois chanté ton Vaudeville,

Que rien par moi tu n'apprendrois jamais,

J'ai deux grands buts, le plaiſir & la paix.

Je fuis, je hais preſque autant que je m'aime,

Les faux rapports & les vrais, tout de même ;

Vivons pour nous, va, bien ſot eſt celui,

Qui fait ſon mal des ſottiſes d'autrui.

BLAN-

BLANFORD.

Et ce n'eſt pas d'autrui, tête legére,
Dont il s'agit, c'eſt votre propre affaire;
C'eſt vous.

Mde. BURLET.

Moi?

BLANFORD.

Vous, qui ſans reſpecter rien,
Avez ſéduit un jeune homme de bien.
Vous, qui voulez mettre encor ſur Dorſiſe
Cette effroyable & honteuſe ſottiſe.

Mde. BURLET.

Le trait eſt bon; je ne m'attendois pas,
Je te l'avouë à de pareils éclats,
Quoi c'eſt donc moi, qui tantôt?

BLANFORD.

Oui, vous-même,

Mde. BURLET.

Avec Adine?

BLANFORD.

Oui.

Mde. BURLET.

C'eſt donc moi, qui l'aime?

BLANFORD.

Aſſûrément.

Mde. BURLET.

Qui dans mon cabinet
L'avoit caché?

BLAN-

BLANFORD.

Certes, le fait eſt net.

Mde. BURLET.

Fort bien! voilà de très-belles penſées,
Je les admire; elles ſont fort ſenſées,
Ma foi, tu joins mon cher homme entêté
Le ridicule avec la probité.
Il me paraît que ta triſte cervelle
De Don Quichotte a ſuivi le modele,
Très-honnête-homme, inſtruit, brave, ſavant;
Mais dans un point toujours extravagant,
Garde-toi bien de devenir plus ſage,
On y perdroit; ce ſeroit grand dommage:
L'extravaganee à ſon merite.   Adieu.
Venez Darmin.

SCENE VI.

BLANFORD, DARMIN.

BLANFORD.

Non, demeurez, morbleu!
J'ai votre honneur à cœur & j'en enrage,
Il faut quitter cette fourbe volage,
De ſes filets retirer votre foi,
La mépriſer, ou bien rompre avec moi.

P 3   DAR-

DARMIN.

Le choix eſt triſte, & mon cœur vous confeſſe,
Qu'il aime fort ſon ami, ſa maîtreſſe.
Mais ſe peut-il que votre eſprit chagrin
Juge toujours ſi mal du cœur humain ?
Voyez-vous pas qu'une femme hardie
Tiſſut le fil de cette perfidie,
Qu'elle vous trompe, & de ſon propre affront
Veut à vos yeux flétrir un autre front ?

BLANFORD.

Voyez-vous pas, homme à cervelle creuſe,
Qu'une infenſée & fauſſe & ſcandaleuſe
Vous a choiſi pour être ſon plâtron,
Que vous gobez comme un ſot l'hameçon,
Qu'elle veut voir juſqu'où ſa tirannie
Peut s'exercer ſur votre plat génie.

DARMIN.

Tout plât qu'il eſt, daignez interroger
Le ſeul témoin par qui l'on peut juger.
J'ai fait venir ici le jeune Adine,
Il vous dira le fait.

BLANFORD.

Bon, je devine
Que la friponne aura par ſon caquet
Très-bien ſifflé ſon jeune perroquet,

Qu'il

Qu'il vienne un peu, qu'il vienne me féduire !
Je ne croirai rien de ce qu'il va dire.
Je vois de loin, je vois que vous cherchez,
Avec le jeu de cent refforts cachés,
A dénigrer, à perdre ma maîtreffe,
Pour me donner je ne fai quelle niéce,
Dont vous m'avez teint, vanté les attraits;
Mais touchez-là, j'y renonce à jamais.

DARMIN.

Soit, mais je plains votre excès d'imprudence,
D'une perfide effuyer l'inconftance,
N'eft pas fans doute un cas bien affligeant;
Mais c'eft un mal de perdre fon argent.
C'eft là le point.   Bartolin, ce brave homme,
A-t-il enfin reftitué la fomme ?

BLANFORD.

Que vous importe ?

DARMIN.

Ah! pardon je croyois,
Qu'il m'importoit.   J'ai tort, je me trompois,
Adine vient; pour moi je me retire,
Par lui du moins tâchez de vous inftruire.
Si c'eft de lui que vous vous defiez,
Vous avez tort plus que vous ne croyez;
C'eft un cœur noble & vous pourrez connaître,
Qu'il n'étoit pas ce qu'il a pû paraître.

P 4   SCENE

SCENE VII.

BLANFORD, ADINE.

BLANFORD.

Ouais! les voilà fortement acharnés,
A me vouloir conduire par le nez.
Oh que Dorfise est bien d'une autre espéce ;
Elle se tait en proye à sa tristesse,
Sans affecter un air trop empressé,
Trop confiant, & trop embarassé,
Elle me fuit, elle est dans sa retraite ;
Et c'est ainsi que l'innocence est faite.
Or ça jeune homme avec sincerité,
De point en point dites la vérité,
Vous m'êtes cher & la belle Nature
Paraît en vous incorruptible & pure.
Mes vœux ne vont qu'à vous rendre parfait ;
N'abusez point de ce penchant secret.
Si vous m'aimez, songez bien, je vous prie,
Qu'il s'agit là du bonheur de ma vie.

ADINE.

Oui, je vous aime, oui, oui, je vous promets,
Que je ne veux vous abuser jamais.

BLAN-

BLANFORD.

J'en suis charmé.   Mais dites-moi de grace
Ce qui s'est fait, & tout ce qui se passe.

ADINE.

D'abord Dorfise.

BLANFORD.

Alte-là ; mon mignon,
C'est sa Cousine ; avouez le moi.

ADINE.

Non.

BLANFORD.

Eh bien, voyons.

ADINE.

Dorfise à sa toilette
M'a fait venir par la porte secrette.

BLANFORD.

Mais ce n'est pas pour Dorfise.

ADINE.

Si fait.

BLANFORD.

C'est de la part de Madame Burlet.

ADINE.

Eh non, Monsieur, je vous dis que Dorfise
S'étoit pour moi de bien-veillance éprise.

BLANFORD.

Petit fripon !

ADINE.

L'excès de ses bontés
Etoit tout neuf à mes sens agités ;

P 5

Un

Un tel amour n'eft pas fait pour me plaire;
Je ne fentois qu'une jufte colère,
Je m'indignois, Monfieur, avec raifon,
Et de fa flamme & de fa trahifon,
Et je difois que fi j'étois comme elle,
Affûrément je ferois plus fidelle.

BLANFORD.

Ah le pendard! comme on a préparé
De fes difcours le poifon trop fucré!
Eh bien, après!

ADINE.

Eh bien, fon eloquence
Déja prenoit un peu de véhemence.
Soudain, Monfieur, elle jette un grand cri.
On heurte, on entre, & c'étoit fon mari

BLANFORD.

Son mari? bon, quels fots contes j'écoute!
C'étoit ce fou de Chevalier fans doute.

ADINE.

Il a du moins tout l'air d'être un époux,
Car il étoit bien brutal, bien jaloux;
Il ménaçoit d'affaffiner fa femme,
Il la nommoit fauffe, perfide, infame.
Il prétendoit me tuer auffi moi,
Sans que je fuffe hélas! trop bien pourquoi,

Il

Il m'a falu conjurer fa furie,
A deux genoux de me fauver la vie,
J'en tremble encor de peur.

BLANFORD.

Eh le poltron!
Eh ce mari, voyons, quel eft fon nom?

ADINE.

Oh ! je l'ignore.

BLANFORD.

Oh, la bonne impofture !
Ça peignez-moi s'il fe peut fa figure.

ADINE.

Mais il me femble autant que l'a permis
L'horrible effroi, qui troubloit mes efprits,
Que c'eft un homme à fort méchante mine,
Gros, court, baffet, nez camard, large échine,
Le dos en voute, un teint jaûne, & tanné;
Un fourcil gris, un œil de vrai damné.

BLANFORD.

Le beau portrait ! qui puis-je y réconnaître?
Jaûne, tanné, gris, gros, court, qui peut-ce être?
En verité, vous vous moquez de moi.

ADINE.

Eprouvez donc, Monfieur, ma bonne foi!
Je vous apprends que la même perfonne
Ce foir chez elle un rendez-vous me donne.

BLAN-

LA PRUDE

BLANFORD.

Un rendez-vous, chez Madame Burlet.

ADINE.

Eh non; jamais ne ferez-vous au fait?
Un rendez-vous chez Dorfife, vous dis-je.

BLANFORD.

Que cette intrigue & m'étonne, & m'afflige,
Un rendez-vous? Dorfife, vous, ce foir?

ADINE.

Si vous voulez, vous y pourrez me voir,
Ce même foir fous un habit de fille,
Quelle m'envoye, & du quel je m'habille.
Par l'huis fécret je dois être introduit
Chez cet objet dont l'amour vous féduit,
Chez cet objet fi fidele, & fi fage.

BLANFORD.

Ceci commence à me remplir de rage;
Et j'apperçois d'un ou d'autre côté,
Toute l'horreur de la deloyauté.
Ne mens-tu point?

ADINE.

        Mon ame mal connuë
Pour vous, Monfieur, fe fent trop prévenuë,
Pour s'écarter de la fincerité.
Votre cœur noble aime la verité,
Je l'aime en vous & je lui fuis fidele.

                         BLAN.

BLANFORD.

Ah le flatteur !

ADINE.

Doutez-vous de mon zèle ?

BLANFORD.

Ouf . . .

* ❀❀ ❀❀ ❀❀ ❀❀ ❀❀ ❀❀ ❀❀ ❀❀ ❀❀ ❀❀ ❀❀ ❀❀ *

SCENE VIII.

BLANFORD, ADINE, le Chev. MONDOR.

Le Chevalier MONDOR.

Allons donc ; peux-tu faire languir
Nos Conviés, & l'heure du plaisir ?
Tu n'eus jamais dans ta mélancolie
Plus de besoin de bonne compagnie.
Console-toi ; les affaires vont mal,
Tu n'es pas fait pour être mon Rival.
Je t'ai bien dit que j'aurois la victoire ;
Je l'ai mon cher & sans beaucoup de gloire.

BLANFORD.

Que penses-tu m'apprendre ?

Le Chevalier MONDOR.

Oh, presque rien ;
Nous épousons ta Maîtresse.

BLANFORD.

Ah fort bien,
Nous le savions.

Le

Le Chevalier MONDOR.

    Quoi, tu fais qu'un Notaire...

BLANFORD.

Oui, je le fais. Il ne m'importe guère.

Je connais tout le complot ; fe peut-il,

Qu'on en ait pû fi mal ourdir le fil ?

(*au petit Adine.*)

Ce rendez-vous, quand il feroit poffible,

Avec le vôtre eft tout incompatible.

Ai-je raifon? parle, en es-tu frapé?

Tu me trompois ou l'on t'avoit trompé.

Je te crois bon, ton cœur fans artifice

Eft apprenti dans l'école du vice.

Un efprit fimple, un cœur neuf & trop bon,

Eft un outil dont fe fert un fripon.

N'es-tu venu, cruel, que pour me nuire?

ADINE.

Ah ! c'en eft trop ; gardez-vous de detruire,

Par votre humeur, & votre vain couroux,

Cette pitié qui parle encor pour vous.

C'eft elle feule à prefent qui m'arrête,

N'écoutez rien, faites à votre tête,

Dans vos chagrins noblement affermi,

Soupçonnez bien quiconque eft votre ami,

Croyez fur-tout quiconque vous abufe,

Que votre humeur & m'outrage, & m'accufe,

                           Mais

Mais apprenez à refpecter un cœur,

Qui n'eft pour vous ni trompé ni trompeur.

Le Chevalier MONDOR.

En tiens-tu ? là ! le dépit te fuffoque,

Jufqu'aux enfans, chacun de toi fe moque,

Deviens plus fage, il faut tout oublier

Dans le vin grec, où je vais te noyer.

Viens bel enfant !

* ⊕⊕ ⊕⊕ ⊕⊕ ⊕⊕ ⊕⊕ ⊕⊕ ⊕⊕ ⊕⊕ ⊕⊕ ⊕⊕ ⊕⊕ ⊕⊕ ⊕⊕ *

S C E N E   IX.

B L A N F O R D ,   A D I N E.

B L A N F O R D.

Demeure encor, Adine ;

Tu m'as ému, ta douleur me chagrine.

Je fais que j'ai fouvent un peu d'humeur;

Mais tu connais tout le fond de mon cœur.

Il eft né jufte, il n'eft que trop fenfible;

Tu vois quel eft mon embaras horrible.

Aurois-tu bien le plaifir malfaifant,

De t'égayer à croître mon tourment ?

Parle-moi vrai, mon fils, je t'en conjure.

A D I N E.

Vous êtes bon, mon ame eft auffi pure,

Je

Je n'ai jamais connu jusqu'à préfent,
Je l'avouërai, qu'un feul déguifement;
Mais fi mon cœur en un point fe déguife,
Je ne mens pas fur vous & fur Dorfife;
Je plains l'amour qui fur vos yeux diftraits
Mit dès long-tems un bandeau trop épais,
Et je fens bien que l'amour peut féduire;
Sur tout ceci tachez de vous inftruire;
C'eft l'amour feul qui doit tout réparer;
Il vous aveugle, il doit vous éclairer.

(*Elle fort.*)

BLANFORD (*feul.*)

Que veut-il dire & quel eft ce miftère?
Il faut, dit-il, que l'amour feul m'éclaire;
Il fe déguife; il ne ment point; ma foi,
C'eft un complot pour fe moquer de moi;
Le Chevalier Darmin & ma Coufine,
Et Bartolin & le petit Adine,
Dorfife, enfin, & Collette & mon cœur,
Le monde entier rédoublent mon humeur.
Monde maudit qu'à bon droit je méprife,
Ramas confus de fourbe & de fottife,
S'il faut opter, fi dans ce tourbillon
Il faut choifir d'être dupe ou fripon;
Mon choix eft fait, je bénis mon partage,
Ciel, rends moi dupe, & rends moi jufte & fage.

Fin du quatrième Acte.

ACTE

* * * * * * * * * * * * * * * * * * *

ACTE V.

─────────────────────

SCENE I.

BLANFORD *seul.*

Que devenir! où fera mon azile?
Tous les chagrins m'arrivent à la file.
Je vais fur mer, un Pirate maudit
Livre combat, & mon vaiffeau perit;
Je viens fur terre, on me dit qu'une ingrate,
Que j'adorois, eft cent fois plus pirate!
Une Caffette eft mon unique efpoir:
Un Bartolin doit la rendre ce foir;
Ce Bartolin, promet, remet, differe,
Seroit-ce encor un troifième Corfaire?
J'attends Adine afin de favoir tout,
Il ne vient point chacun me pouffe à bout,
Chacun me fuit; voilà le fruit peut-être
De cette humeur dont je ne fus pas maître,
Qui me rendoit difficile en amis,
Et confiant pour mes feuls ennemis!

S'il eſt ainſi, j'ai bien tort, je l'avouë;

Bien juſtement la fortune me jouë.

A quoi me ſert ma triſte probité,

Qu'à mieux ſentir que j'ai tout merité?

Quoi, cet enfant ne vient point?

SCENE II.

BLANFORD, Mde. BURLET *paſſant ſur le Théatre.*

BLANFORD *l'arrêtant.*

Ah Madame,

Daignez calmer l'orage de mon ame,

Un mot de grace, un moment de loiſir.

Où courez-vous?

Mde. **BURLET.**

Souper, me réjouïr,

Je ſuis preſſée.

BLANFORD.

Ah! j'ai dû vous déplaire,

Mais oubliez votre juſte colere.

Pardonnez.

Mde. **BURLET** *en riant.*

Bon! loin de me couroucer,

J'ai pardonné déja ſans y penſer.

BLAN-

BLANFORD.

Elle eft trop bonne ; & bien qu'à ma trifteffe
Votre humeur gaye un moment s'intereffe.

Mde. BURLET.

Va, j'ai gayement pour toi de l'amitié,
Beaucoup d'eftime & beaucoup de pitié.

BLANFORD.

Vous plaindriez le deftin qui m'outrage!

Mde. BURLET.

Ton deftin, oui ; ton humeur davantage.

BLANFORD.

Vous êtes vraïe au moins ; la bonne foi,
Vous le favez, a des charmes pour moi.
Parlez, Darmin n'auroit-il qu'un faux zèle,
Me trompoit-il, eft-il ami fidele ?

Mde. BURLET.

Viens, Darmin t'aime, & Darmin dans fon cœur
A tes vertus avec plus de douceurs.

BLANFORD.

Et Bartolin?

Mde. BURLET.

Tu veux que je réponde
De Bartolin ; du cœur de tout le monde,

Il

Il eſt, je penſe, un honnête Caiſſier.

Pourquoi de lui veux-tu te defier?

C'eſt ton ami, c'eſt l'ami de Dorfiſe.

BLANFORD.

Dorfiſe! mais parlez avec franchiſe,

Se pourroit-il que Dorfiſe en un jour

Pour un enfant eut trahi tant d'amour?

Et que veut dire encor en cette affaire

Ce Chevalier qui parle de Notaire?

Le bruit public eſt qu'il va l'épouſer.

Mde. BURLET.

Les bruits publics doivent ſe mépriſer.

BLANFORD.

Je ſors encor à l'inſtant de chez elle;

Elle m'a fait ſerment d'être fidelle,

Elle a pleuré . . . l'amour & la douleur

Sont dans ſes yeux, démentent-ils ſon cœur?

Eſt-elle fauſſe! & notre jeune Adine.

Quoi vous riez?

Mde. BURLET.

Oui, je ris de ta mine;

Raſſûre-toi. Va, pour cet enfant-là,

Crois que jamais on ne te quittera.

Sois-en très-ſûr. La choſe eſt impoſſible.

BLAN-

BLANFORD.

Ah! vous calmez mon ame trop fenfible;

Le Chevalier n'en trouble point la paix;

Dorfife m'aime, & je l'aime à jamais.

Mde. BURLET.

A jamais! c'eft beaucoup.

BLANFORD.

Mais fi l'on m'aime?

Adine eft donc d'une impudence extrême.

Il calomnie, & le petit fripon

A donc le cœur le plus gaté!

Mde. BURLET.

Lui? non.

Il a le cœur charmant, & la Nature

A mis dans lui la candeur la plus pure;

Conte fur lui.

BLANFORD.

Quels difcours font cela?

Vous vous moquez.

Mde. BURLET.

Je dis vrai.

BLANFORD.

Me voilà

Plus enfoncé dans mon incertitude;

Vous vous jouez de mon inquiétude,

Q 3

Vous

Vous vous plaifez à déchirer mon cœur.

Dorfife ou lui m'outrage avec noirceur ;

Convenez-en. L'un des deux eft un traitre,

Repondez donc.

Mde. B U R L E T *en riant.*

Cela pourroit bien être.

BLANFORD.

S'il eft ainfi, vous voyez quels éclats.

Mde. B U R L E T.

Oh! mais aufli cela peut n'être pas ;

Je n'accufe perfonne.

BLANFORD.

Hom ! que j'enrage.

Mde. B U R L E T.

N'enrage point, fois moins trifte & plus fage.

Tiens, veux-tu prendre un parti qui foit fûr ?

BLANFORD.

Oui.

Mde. B U R L E T.

Laiffe là tout ce complot obfcur,

Point d'examen, point de tracafferie,

Tourne avec moi tout en plaifanterie,

Prends ton argent chez Monfieur Bartolin,

Vis avec nous uniment, fans chagrin.

N'ap-

N'approfondis jamais rien dans la vie,

Et gliffe-moi fur la fuperficie,

Connais le monde & fais le tolerer,

Pour en jouïr il le faut éfleurer,

Tu me traitois de cervelle legère,

Mais fouviens-toi que la folide affaire,

La feule ici qu'on doive approfondir,

C'eft d'être heureux, & d'avoir du plaifir.

SCENE III.

BLANFORD.

Etre heureux! moi? le confeil eft utile;

Diroit-on pas que la chofe eft facile?

Ce n'eft qu'un rien, & l'on n'a qu'à vouloir.

Ah! fi la chofe étoit en mon pouvoir!

Et pourquoi non? dans quelle gêne extrême

Je me fuis mis pour m'outrager moi-même?

Quoi cet Enfant, Darmin, le Chevalier

Par leurs difcours auront pû m'effrayer?

Non, non, fuivons le confeil que me donne

Cette Coufine, elle eft folle, mais bonne.

Q 4

Elle

Elle a rendu gloire à la verité.

Dorfife m'aime, on eſt en ſûreté.

Je ne veux plus rien voir, ni rien entendre.

Par cet Adine on vouloit me ſurprendre,

Pour m'éblouïr, & pour me goûverner.

Dans ces filets je ne veux point donner.

Darmin toujours eſt coëffé de ſa Niéce.

Que je la hais ! mais quelleétrange eſpéce....

(*Adine paraît dans le fonds du Théâtre.*)

Le voici donc ce malheureux enfant,

Qui cauſe ici tant de dechaînement !

On le prendroit je crois pour une fille.

Sous ces habits que ſa mine eſt gentille !

Jamais ma foi je ne m'étois douté ;

Qu'il pût avoir cette fleur de beauté ;

Il n'a point l'air gené dans ſa parure,

Et ſon viſage eſt fait pour ſa coëffure.

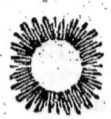

SCENE

* *

SCENE IV.

BLANFORD, ADINE.

ADINE *en habit de fille.*

Eh bien, Monſieur, je ſuis tout ajuſté,
Et vous ſaurez bien-tôt la vérité !

BLANFORD.

Je ne veux plus rien ſavoir de ma vie.
C'en eſt aſſez.   Laiſſez - moi, je vous prie.
J'ai depuis peu changé de ſentiment,
Je n'aime point tout ce déguiſement.
Ne vous mêlez jamais de cette affaire,
Et reprenez votre habit ordinaire.

ADINE.

Qu'entends-je ! hélas ! je m'apperçois enfin,
Que je ne puis changer votre deſtin,
Ni votre cœur, votre ame inalterable
Ne connaît point la douleur qui m'accable;
Vous en ſaurez les funeſtes effets ;
Je me retire. Adieu donc pour jamais.

Q 5   BLAN-

BLANFORD.

Mais quels accens ? d'où viennent tes allarmes ?
Il eſt outré. Je vois couler ſes larmes.
Que prétend-il ? parlez, quel interêt
Avez-vous donc à ce qui me déplait ?

ADINE.

Mon interêt, Monſieur, étoit le vôtre ;
Juſqu'à préſent je n'en connus point d'autre,
Je vois quel eſt tout l'excès de mon tort,
Pour vous ſervir je faiſois un effort ;
Mais ce n'eſt pas le premier.

BLANFORD.

      L'innocence
De ſon maintien, ſa modeſte aſſûrance,
Son ton, ſa voix, ſon ingenuité,
Me font pencher preſque de ſon côté.
Mais cependant tu vois l'heure ſe paſſe,
Où ce projet plein de fourbe & d'audace
De voit, dis-tu, ſous mes yeux s'accomplir.

ADINE.

Auſſi j'entends une porte s'ouvrir.
Voyez l'endroit, voici le moment même,
Où vous auriez pû ſavoir qui vous aime.

        BLAN-

BLANFORD.

Eſt-il poſſible ? eſt-il vrai ? juſte Dieu !

ADINE *finement.*

Il me paraît très-poſſible.

BLANFORD.

En ce lieu
Demeurez donc, quoi tant de fourberie !
Dorfiſe ! non . . . . .

ADINE.

Taiſez-vous, je vous prie !
Paix, attendez, j'entends un peu de bruit,
On vient vers nous; j'ai peur, car il fait nuit.

BLANFORD.

N' ayez point peur.

ADINE.

Gardez donc le ſilence,
Voici quelqu'un ſûrement, qui s'avance.

SCENE

SCENE V.

ADINE, BLANFORD *d'un côté,*
DORFISE *de l'autre à tatons.*

(Le Théatre repréfente une nuit.)

DORFISE.

J'entends, je crois, la voix de mon Amant.
Qu'il eft exact! Ah! quel enfant charmant!

ADINE.

Chut.

DORFISE.

Chut, c'eft vous?

ADINE.

Oui, c'eft moi dont le zèle
Pour ce que j'aime eft à jamais fidéle.
C'eft moi, qui veut lui prouver en ce jour,
Qu'il me devoit un plus tendre retour.

DORFISE.

Ah! je ne puis en donner un plus tendre;
Pardonnez-moi, fi je vous fais attendre;
Mais Bartolin que je n'attendois pas
Dans le logis fe promene à grands pas.

Il

Il semble encor que quelque jalousie
Malgré mes soins trouble sa fantaisie.

ADINE.

Peut-être il craint de voir ici Blanford,
C'est un rival bien dangereux.

DORFISE.

D'accord.

Hélas ! mon fils, je me vois bien à plaindre.
Tout à la fois il me faut ici craindre
Monsieur Blanford & *mon maudit* mari.
Lequel des deux est de moi plus haï,
Mon cœur l'ignore & dans mon trouble extrême
Je ne sais rien, si non que je vous aime.

ADINE.

Vous haïssez Blanford, là, tout de bon ?

DORFISE.

La crainte enfin produit l'aversion.

ADINE *finement*.

Et l'autre époux ?

DORFISE.

A lui rien ne m'engage.

BLAN-

BLANFORD.

Que je voudrois !

ADINE *bas allant vers lui.*

Paix donc !

DORFISE.

En femme fage

J'ai confulté fur le contrât dreffé,

Il eft caffable, ah qu'il fera caffé !

Qu'un autre himen flate mon efperance !

ADINE.

Quoi m'époufer ?

DORFISE.

Je veux qu'avec prudence

Secretement nous partions tous les deux

Pour éviter un éclat fcandaleux,

Et que bien-tôt, quand d'ici je m'éloigne,

Un lien fûr & bien ferré nous joigne ;

Un nœud facré durable autant que doux.

ADINE.

Durable ! allons ! mais de quoi vivrons-nous ?

DORFISE.

Vous me charmez par cette prévoyance,

Ce qui me plaît en vous c'eft la prudence,

Appre-

Apprenez donc que ce guerrier Blanford,
Heros en mer, en affaire un butor,
Quand de Marſeille il quitta les pénates,
Pour attaquer de Maroc les pirates,
M' a mis en main; très-cordialement
Son cœur, ſa foi, ſes bijoux, ſon argent;
Comme je ſuis non moins neuve en affaire,
L'autre ~~frere~~ *mari* s'en fit depoſitaire.
Je vais reprendre & les bijoux & l'or,
Nous en allons aider Monſieur Blanford;
C'eſt un bon homme, il eſt juſte qu'il vive,
Partageons vîte & gardons qu'on nous ſuive.

ADINE.

Et que dira le monde ?

DORFISE.

Ah ! ſes éclats
M'ont fait trembler lorſque je n'aimois pas.
Je l'ai trop craint, à préſent je le brave,
C'eſt de vous ſeul que je veux être eſclave.

ADINE.

Hélas ! de moi?

DORFISE.

Je m'en vais ſourdement
Chercher ce Coffre à tous deux important ;
Attends ici, je revole ſur l'heure.

SCENE

SCENE VI.

BLANFORD, ADINE.

ADINE.

Qu'en dites vous, eh bien là?

BLANFORD.

Que je meure,
S'il fut jamais un tour plus déloyal,
Plus enragé, plus noir, plus infernal;
Et cependant admirez, jeune Adine,
Comme à jamais dans nos ames domine
Ce vif inſtinct, ce cri de la vertu,
Qui parle encore dans un corrompu.

ADINE.

Comment?

BLANFORD.

Tu vois, que la perfide n'oſe
Me voler tout, & me rend quelque choſe.

ADINE *avec un ton ironique.*

Oui, vous devez bien l'en remercier;
N'avez-vous pas encor à confier
Quelque caſſette à cette honnête prude ?

BLAN-

BLANFORD.

Ah! prends pitié d'une peine si rude,
Ne tourne point le poignard dans mon cœur.

ADINE.

Je ne voulois que le guerir, Monsieur,
Mais à vos yeux est-elle encor jolie?

BLANFORD.

Ah! qu'elle est laide après sa perfidie!

ADINE.

Si tout ceci peut pour vous prosperer,
De ses filets si je peux vous tirer,
Puis-je esperer qu'en detestant ses vices,
Votre vertu cherira mes services?

BLANFORD.

Aimable enfant, soyez sûr que mon cœur
Croit voir son fils & son Liberateur;
Je vous admire & le Ciel qui m'éclaire,
Semble m'offrir mon ange tutelaire;
Ah, de mon bien la moitié pour le moins,
N'est qu'un vil prix au dessous de vos soins.

ADINE.

Vous ne pouvez à present trop entendre,
Quel est le prix auquel je dois prétendre.

Mais votre cœur pourra-t-il refuser
Ce que Darmin viendra vous propofer?

BLANFORD.

Ce que j'entends femble éclairer mon ame,
Et la percer avec des traits de flâme.
Ah! de quel nom dois-je vous appeller,
Quoi, votre fort ainfi s'eft pû voiler,
Quoi, j'aurois pû toujours vous méconnaître,
Et vous feriez ce que vous femblez d'être?

ADINE *en riant.*

Qui que ce foit, de grace, taifez-vous,
J'entends Dorfife, elle revient à nous.

DORFISE *en révenant avec la Caffette.*

J'ai la caffette, enfin; l'amour propice
A fecondé mon petit artifice.
Tiens, mon enfant, prends vîte & détalons,
Tiens-tu bien?

BLANFORD *à la place d'Adine qui lui donne la caffette.*

Oui.

DORFISE.

Le tems ~~nous~~ preffe, allons.

SCENE

* *

SCENE VII.

BLANFORD, DORFISE, ADINE,

BARTOLIN *l'epée à la main dans l'obfcurité courant à Adine.*

BARTOLIN.

Ah ! c'en eft trop, arrête, arrête , l'infame,

C'eft bien affez de m'enlever ma femme ;

Mais pour l'argent !

ADINE *à Blanford.*

Eh! Monfieur, je me meurs.

BLANFORD *en fe battant d'une main & en remettant la caffette à Adine de l'autre.*

Tiens la caffette.

R 2   *SCENE*

SCENE VIII.

BLANFORD, DORFISE, ADINE, BARTOLIN, DARMIN, Mde. BURLET, COLLETTE, le Chev. MONDOR *une serviette & une bouteille à la main, des flambeaux.*

Mde. BURLET.

Ah! ah! quelles clameurs?

Dieu me pardonne! on se bat.

Le Chevalier MONDOR.

Gare, gare,

Voyons un peu, d'où vient ce tintamare?

ADINE *à Blanford.*

Hélas! Monsieur, seriez-vous point blessé?

DORFISE *toute étonnée.*

Ah!

Mde. BURLET.

Qu'est-ce donc, qu'est-ce qui s'est passé?

BLANFORD *à Bartolin qu'il a désarmé.*

Rien, c'est Monsieur, homme à vertu parfaite,

Bon Tresorier, grand gardeur de cassette,

Qui

Qui me prenoit, fans me manquer en rien,

Tout doucement ma maîtreffe & mon bien.

Grace, aux vertus de cet enfant aimable,

J'ai découvert ce complot deteftable;

Il a remis ma caffette en mes mains.

    (*à Bartolin.*)

Va, je te laiffe à tes mauvais deftins,

Pour dire plus je te laiffe à Madame.

Mes chers amis, j'ai démafqué leur ame.

Et ce coquin . . . . . .

B A R T O L I N *s'en allant.*

Adieu.

Le Chevalier M O N D O R.

           . Mon rendez-vous,

Que devient-il ?

B L A N F O R D.

         On fe moquoit de vous,

Le Chev. MONDOR *à Blanford.*

De vous auffi m'eft avis ?

B L A N F O R D.

         De moi-même.

J'en fuis encor dans un depit extrême.

        Le

Le Chevalier MONDOR.

On te trompoit comme un fot.

BLANFORD.

Que d'horreur!

O pruderie ! ô comble de noirceur !

Le Chevalier MONDOR.

Eh, laiffe-là toute la pruderie,

Et femme, & tout, viens boire, je te prie;

Je traite ainfi tous les malheurs que j'ai.

Qui boit toujours n'eft jamais affligé.

Mde. BURLET.

Jé fuis fachée entre nous que Dorfife

Ait pû commettre une telle fotife.

Cela pourra d'abord faire jafer;

Mais tout s'appaife & tout doit s'appaifer.

DARMIN.

Sortez enfin de votre inquietude

~~Vous connoiffez votre erreur trop cruelle;~~

et pour jamais gardez vous d'une prude.

~~La Ronde eft tombe, & d'autre eft fidelle.~~

Savez-vous bien, mon ami, quel enfant

Vous a rendu votre honneur, votre argent,

Vous a tiré du fonds du précipice,

Où vous plongeoit votre aveugle caprice?

BLAN.

BLANFORD *regardant tendrement Adine.*

Mais . . . .

D A R M I N.

C'eſt ma Niéce.

B L A N F O R D.

O Ciel !

D A R M I N.

C'eſt cet objet,

Qu'en vain mon zèle à vos vœux propoſoit,
Quand mon ami, trompé par l'infidelle,
Mépriſoit tout, haïſſoit tout pour elle.

B L A N F O R D.

Quoi, j'outrageois par d'indignes refus
Tant de beautés, de graces, de vertus!

A D I N E.

Vous n'en auriez jamais eu connaiſſance,
Si ce hazard, mes bóntés, má conſtante
N'avoiënt levé les voiles odieux,
Dont une Ingrate avoit couvert vos yeux.

D A R M I N.

Vous devez tout à ſon amour extrême,
Votre fortune & votre raiſon même.

Répon-

Répondez donc, que doit-elle efperer?

Que voulez-vous, en un mot?

BLANFORD *en fe jettant à fes genoux.*

　　　　　　　　　　　　　　　L' adorer.

Le Chevalier MONDOR.

Ce changement est doux autant qu' étrange;

Allons, l'enfant, nous gagnons tous au change.

Fin du cinquiéme & dernier Acte, & du
Tome huitiéme.

Fautes à corriger.

Page 112 *ligne* 2 l'efprifemble *lifez* l'efprit femble　*p.* 121 *l.* 17 le *lif.* la
p. 133 *l.* 13 amour *lif.* amours　*p.* 149 *l.* 16 la *lif.* là　*p.* 194 *l.* 9. guennon
lif. guenon　*p.* 221 *l.* 3 liffe *lif.* lice.

à Leipfic,
de l' Imprimerie de Jean Gottlob Immanuel Breitkopf,
1748.

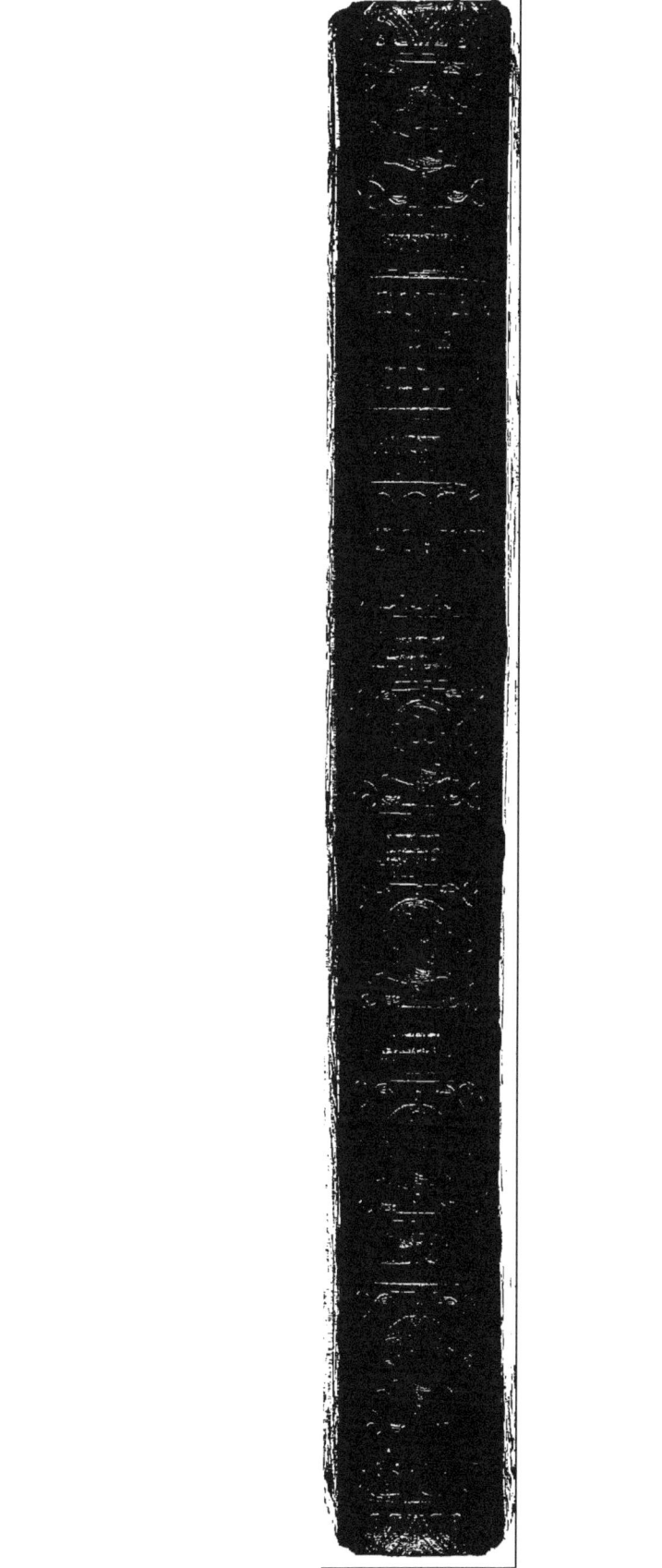

www.ingramcontent.com/pod-product-compliance
Lightning Source LLC
Chambersburg PA
CBHW071819020726
47502CB00004B/1166